# La Traîtresse

Du même auteur

*La Patrouille des enfants juifs : Jamoigne 1943-1945* (préface Louis Malle), récit, Éditions Racine (Bruxelles), 1994.

*Le Trou des fées*, contes pour enfants, illustré par Valérie Dion, Éditions Memor, 1998. Prix Jean Lebon à Aubange en 1997. Réédition aux Éditions Weyrich, 2009.

*Marie-Antoinette : la fuite en Belgique*, enquête historique, Éditions Racine, 2001.

*Madeleine Ozeray, Ondine de la Semois* (préface Christophe Malavoy), biographie, Éditions Racine, 2008.

Dominique Zachary

# La Traîtresse

Michalon Éditeur

9, rue de l'École-Polytechnique – 75005 Paris
ISBN : 978-2-84186-714-1

*Le gamin s'est mis à pousser de longs cris, des cris de bête [...].*
*Il a continué, et le juge et le colonel ont ri de plus belle*
*à côté [...]. Les cris du gamin, c'était des crocs*
*qui vous rentraient dans le cœur.*

Philippe Claudel, *Les Âmes grises* (2003)

*Le mot d'épuration était déjà assez pénible en lui-même.*
*La chose est devenue odieuse.*
*Elle n'avait qu'une chance*
*de ne point le devenir, qui était d'être*
*entreprise sans esprit*
*de vengeance ou de légèreté. Il faut croire que le chemin*
*de la simple justice n'est pas facile à trouver*
*entre les clameurs de la haine, d'une part,*
*et les plaidoyers de la mauvaise conscience, d'autre part.*

Albert Camus, journal *Combat* (août 1945)

# Avertissement

Ce roman a été inspiré par deux histoires vraies. Celles d'un avocat, Victor Nothomb, et d'un enseignant, Émile D.

En juin 1945, tous deux ont été condamnés injustement par le conseil de guerre d'Arlon, au sud de la Belgique, à deux pas de la France et du Luxembourg.

Dans ces « procès de l'épuration », il fallait juger vite, éradiquer, montrer l'exemple.

# 1

C’était une petite plaque vissée au mur. Elle était là. Depuis tellement longtemps qu’aucun élève ne savait depuis quand.

La plupart de ses vis étaient rouillées, usées par le temps. Les vis tenaient de moins en moins au support et deux d’entre elles tournaient carrément dans le vide. On ne sait par quel miracle la plaque ne s’était pas encore décrochée. On l’avait placée dans ce renfoncement de la cour de récréation, un endroit discret, tout près des deux vieux charmes. Là où peu d’élèves et de professeurs passaient.

À ses pieds, un misérable bouquet de fleurs artificielles, aux couleurs délavées, rappelait qu’à l’origine cette plaque avait été importante. Qu’elle avait eu du sens.

Aujourd’hui, la plaque était devenue anonyme. Transparente. Inutile. Plus personne ne s’arrêtait devant elle. Je devais être un des rares à me souvenir encore de la raison de sa présence.

Les mots inscrits dans le cuivre devenaient quasiment illisibles. Le résultat de l'action conjuguée de la pluie, du gel, du vent. De l'oubli aussi. L'oubli est plus fort que le temps.

Je ne vous aurais jamais parlé de cette plaque s'il n'y avait eu cet incident le matin du 15 janvier 1979. Ce jour-là, en arrivant comme d'habitude au lycée pour donner mon premier cours de la semaine, j'ai tout de suite aperçu dans la cour un attroupement d'élèves et de collègues enseignants.

Un inconnu – ou un groupe d'inconnus – s'était introduit dans la propriété du lycée pendant la nuit et avait peinturluré différentes portes et entrées de locaux. Les graffitis réalisés à l'aide d'un spray rouge étaient particulièrement voyants et provocateurs. Les « Fuck you », agressifs et peu imaginatifs, côtoyaient des « Mort aux cons » et « Le dirlo aux chiottes », que je ne trouvais pas nécessairement dénués de pertinence…

Notre directeur, Arsène Creton, était arrivé l'un des premiers sur place pour constater les dégâts « picturaux » – À une voyelle près, avec un « i » à la place d'un « o », Monsieur le directeur aurait porté un lourd fardeau, Cretin, et se serait exposé aux pires railleries. Mais déjà, s'appeler Creton était suffisant pour ce triste sire. –

Très énervé, Monsieur Creton gesticulait dans la cour de récréation. Il éructait, la bave au coin des lèvres, l'index pointeur et menaçant.

– Si je coince celui qui a fait ces saloperies, je vous jure qu'il va passer un mauvais quart d'heure. Non mais, regardez-moi tous ces graffitis. C'est scandaleux, c'est de l'incivilité ! Il n'y a plus de respect pour rien.

Avant d'appeler la police, le directeur commença à mener sa propre enquête. Il interrogea les surveillants éducateurs de service durant la nuit. Avaient-ils vu ou entendu quelque chose d'anormal ? Avaient-ils des soupçons sur tel ou tel étudiant ?

Il était déjà 7 h 52. La sonnerie avait retenti depuis deux bonnes minutes et il était grand temps que je rejoigne mes élèves de 5e qui m'attendaient à l'entrée de la classe pour mon cours d'histoire.

Avant de pénétrer dans l'aile C du grand bâtiment et grimper quatre à quatre les escaliers, je devais contourner l'extrémité de la cour de récréation. Là où avait été clouée, dans le mur, la petite plaque usée.

Là, je m'arrêtai net. Choqué. Frappé au cœur. Dans le ventre. Partout à la fois. Mon cœur se mit à battre tellement fort que je crus qu'il allait exploser.

Je me mis à hurler. Le cri violent que je poussai avait la sonorité du brame du cerf à la fin septembre, me dit plus tard un collègue. Mais mon brame n'avait rien d'un cri sexuel pour impressionner de jeunes biches. C'était un cri de révolte. De souffrance. Un cri d'horreur. J'avais mal. J'avais la gerbe.

Je m'accroupis et me mis à vomir, au pied du charme, mon petit-déjeuner et toute cette colère que j'avais contenue en moi.

J'ai crié : « Si j'attrape celui qui a fait ça, je le bute ! »

J'ai dit ça, moi, le doux, le pacifiste. Moi, Hervé Jaminet, le professeur d'histoire de cinquante-neuf ans, arrivé à un an de la retraite. Moi qui, durant toute ma carrière, n'avais jamais eu un mot plus haut que l'autre et n'avais cessé de rechercher une solution d'apaisement à tout conflit.

Monsieur le directeur, Arsène Creton, s'approcha de moi et m'incita à me relever.

– Voyons, Jaminet, vous êtes fou ? Qu'est-ce qui vous prend de vous laisser aller ainsi ? Quel modèle donnez-vous à nos élèves ? Par les menaces que vous proférez, vous les incitez à recourir aux armes et à la violence. Allez, vous êtes trop fatigué, mon vieux. Vous avez les nerfs à vif. Je l'avais remarqué depuis quelque temps… Rentrez chez vous, Jaminet, prenez quinze jours de repos. Cela vous fera le plus grand bien. Et si ça ne va pas mieux d'ici quelques jours, vous pouvez toujours demander votre retraite anticipée. Je n'y verrais aucun inconvénient. Ne vous tracassez pas pour vos élèves. Ce matin, on leur donnera une heure d'étude. Mais je ne vous comprends pas, Jaminet. Je ne comprends pas votre colère. Ce ne sont jamais que des graffitis. On retrouvera les coupables, je vous assure, on les retrouvera.

Je retournai chez moi, groggy, sonné. Je n'avais plus goût à rien. On donna des heures d'étude à la place des cours que je ne pouvais pas assumer. Certains élèves étaient sûrement contents de cette pause inattendue. Moi pas, j'étais en rage de me retrouver en inactivité forcée.

J'avais aussi la haine contre ce que j'avais vu, ce matin-là, dans la cour de récréation. J'avais vu la petite plaque vissée au mur. La petite plaque usée par le temps et devant laquelle plus personne ne prenait la peine de s'arrêter. Moi aussi, j'avais presque fini par l'oublier. Jusqu'à ce jour. À la peinture rouge, quelqu'un avait dessiné une croix gammée. Une croix nazie sur la plaque. Le cauchemar revenait.

Creton, Monsieur le directeur, avait cru pertinent de me rassurer.

– Jaminet, ce n'est pas si grave. Nos élèves, aujourd'hui, ils font l'amalgame. Ils n'ont plus de culture historique. Qu'ils écrivent « Fuck you » ou qu'ils dessinent une croix gammée, pour eux, c'est du pareil au même. Je suis sûr qu'ils n'ont même pas idée de la symbolique de cet emblème nazi. Je suis certain qu'il n'y a derrière ce geste aucun message politique renvoyant à la barbarie.

Creton ou « Cretin », je lui aurais bien mis mon poing sur la figure. Tant d'inepties dans sa bouche. Tant de médiocrité.

Ce qu'il voulait avant tout le directeur, c'était retrouver le plus tôt possible un semblant de normalité dans son établissement, une apparence d'autorité. Qu'on gomme au plus vite ces graffitis, qu'on redonne une image de marque nette et sans souillures. Le contenu des graffitis ? Leur message ? Aucune importance pour Creton. On effacerait aussi vite les graffitis qu'on avait laissé s'effacer au fil du temps les inscriptions gravées dans le cuivre de la petite plaque.

Je ne restai pas longtemps en incapacité de travail.

Dès le lendemain de l'incident, je me présentai au lycée.

– Déjà vous, Jaminet ? Vous auriez dû prendre le temps de vous reposer.

Non, mon âme ne pouvait plus être en repos après ce que j'avais vu. Je voulais crever l'abcès le plus tôt possible. Sinon, j'allais plonger irrémédiablement dans la spirale d'une dépression. Et puis, revenir si vite à l'école, c'était aussi un peu par provocation envers mon directeur.

Je donnai mes leçons et les choses reprirent leur cours normal très rapidement. J'interrogeai les élèves sur Montaigne et le Moyen Âge, comme je l'avais prévu.

Les jours passèrent. Jamais on ne parvint à identifier les auteurs des graffitis. Cela pouvait résulter de la vengeance d'un élève de l'école, tout comme de l'acte sauvage d'éléments extérieurs à l'établissement.

Après trois semaines, grâce à un puissant solvant, une firme de peinture réussit à nettoyer la plus grosse partie des inscriptions iconoclastes. Monsieur Creton était content ; la moralité était sauve, l'ordre rétabli.

Flore, une élève de 3e, arriva tout essoufflée en classe, juste après la récréation de 10 h 30.

– Monsieur Jaminet, la plaque ! Oui, la petite plaque au mur du fond de la cour, ils l'ont bien nettoyée. Ils ont même redonné de l'éclat aux lettres dans le cuivre. On peut à nouveau parfaitement lire ce qui est écrit.

– Et qu'est-ce qui est écrit, Flore ?

– Je m'en souviens par cœur, Monsieur, tellement ça m'a intriguée : « Ami lycéen, souviens-toi de Suzanne Gasper, professeur exemplaire, détruite par l'intolérance et la bêtise humaine à l'automne 1944. »

# 2

Flore, Maud, Rachida, Harold, Bertrand et d'autres élèves encore me pressèrent de questions pour en savoir plus à propos de Suzanne Gasper.

Pourquoi avoir consacré une plaque en hommage à ce professeur ?

Qu'avait-elle donc fait de si extraordinaire pour qu'on veuille perpétuer sa mémoire ?

Pourquoi des mots si forts, « intolérance », « bêtise humaine » ?

Pourquoi moi, leur prof, avais-je poussé un cri si violent, l'autre jour, en découvrant la vieille plaque, entachée par cette croix gammée ?

D'habitude plus mous, peu réceptifs, les élèves levaient leur doigt les uns après les autres. Ils étaient très excités et voulaient tout savoir sur cette Madame Gasper. Comme s'ils étaient pressés de découvrir quelque chose d'interdit. Qu'on leur aurait caché.

Alors j'ai parlé. J'ai parlé tant et plus. Pendant toute mon heure de cours. Un déluge verbal, sans doute pour alléger mon cœur d'un poids trop lourd. À l'heure suivante, j'avais encore un tas de choses à raconter.

Sympa, Jean-Luc Xarnin, mon collègue prof de sciences, accepta même de reporter sa leçon, pour me permettre de terminer mon récit sur Suzanne Gasper.

Mais deux heures de cours étaient encore insuffisantes, tant l'évocation de cette femme était riche et dense, tant le rappel de ce que fut sa vie me faisait encore trembler d'émotion.

Alors voilà, pour vous aussi, je vais essayer de rassembler quelques souvenirs épars. Ils sont si anciens, si enfouis…

Je vais tenter de résumer en quelques pages la destinée de Suzanne Gasper, cette femme d'exception. Tant pis s'il y a des redites, des oublis de ma part. Il y en aura inévitablement. Je n'ai jamais raconté cette histoire à personne avant vous et avant mes élèves. Cela me faisait trop mal. J'avais tout caché au fond de moi. Aujourd'hui, je vais tenter de me libérer. Après m'être tu pendant plus de trente ans.

Mais d'abord, comment commencer ? Par quoi ?

Suzanne, je l'ai vue arriver au lycée pour la première fois à l'automne 1941. J'étais alors jeune enseignant, fraîchement diplômé de l'École Normale en juin de la même année. Ma formation avait été interrompue de mai à octobre 1940, après l'invasion du pays par les Allemands et l'évacuation de la plupart des familles en France. On était revenus au pays, la Belgique, à l'automne 1940, et on avait alors repris tant bien que mal le chemin de l'École Normale pour la formation de régents et professeurs.

Mais les conditions d'enseignement étaient loin d'être optimales. Il manquait plusieurs de nos professeurs. Du matériel scolaire faisait défaut. En hiver, nos locaux n'étaient plus chauffés en raison de la pénurie de charbon.

À la rentrée de septembre 1941, j'ai eu la chance de décrocher un emploi de prof d'histoire au lycée royal de Morelange, ma ville natale. Le titulaire, Édouard Janssen, officier de réserve, avait été incorporé dans l'armée belge dès le début des hostilités en mai 1940. Il avait été fait prisonnier et emmené en captivité en Allemagne.

À 21 ans, je recevais pour la première fois un poste inespéré d'enseignant. Une sacrée veine. Une oasis de pédagogie au milieu d'un désert de guerre, de tensions, de privations.

Quelques semaines plus tard, la direction lança un appel pour recruter un nouveau professeur de latin qui devait aussi donner des heures d'histoire et de français. Le titulaire du poste était tombé gravement malade depuis plusieurs semaines – il faut dire qu'on mangeait très mal et rarement à sa faim en ce temps-là – et un autre enseignant avait disparu de l'école du jour au lendemain. On pensait qu'il était entré dans les unités clandestines de la Résistance.

Un seul candidat se présenta au poste à pourvoir. C'était une femme, Suzanne Gasper. Elle devait avoir dans les 28 ou 29 ans. À peine quelques années de plus que moi. Une longue silhouette élancée, un teint mat, des yeux marron, de longs cheveux châtains bouclés lui tombant en cascade sur les épaules. Quand je l'ai vue pour la première fois sortir du bureau du directeur, je suis tombé immédiatement sous son charme.

Elle avait appliqué un rouge à lèvres discret. Mais cette discrétion apparente attirait paradoxalement l'attention. Suzanne portait des petites socquettes blanches. Elle était aussi vêtue d'un chemisier beige clair avec des petites fleurs bleues et d'une jupe plissée courte s'arrêtant juste au-dessus du genou, comme c'était la mode à l'époque.

Cette jeune femme rayonnait. Elle était d'une aisance naturelle. Et son port de tête altier n'avait rien à voir avec un air hautain qu'on croyait déceler. En réalité, si l'on prenait la peine de converser avec Suzanne, on découvrait une jeune femme simple, joviale, prévenante, toujours à l'écoute des soucis des autres. À l'écoute des élèves surtout. Très vite, après quelques semaines d'intégration à l'école, elle avait souhaité prendre en charge après 16 h des élèves en difficulté scolaire.

– Chacun de ces jeunes doit pouvoir suivre son propre rythme. Il faut davantage individualiser notre enseignement, répétait-elle fréquemment.

Elle aimait ajouter, avec une pointe d'énervement : « Bon sang, ce n'est pas parce que les Allemands sont là qu'on va rester les bras croisés ! Et si la guerre dure encore trois ans alors ? Ou cinq ans ? Qu'est-ce qu'on fera ? On fermera définitivement l'école ? On ne va quand même pas sacrifier une génération d'adolescents qui ne demandent qu'à apprendre. Prendre les armes contre l'occupant, c'est une chose. Prendre les outils scolaires pour bien enseigner, même en temps de guerre, c'est important aussi. »

Ce genre de phrase, Suzanne a dû le répéter à trois ou quatre reprises en salle des profs. Je me souviens que ça irritait quelques enseignants, le grand Hasse en particulier. Norbert Hasse était un vieux prof de maths « psychorigide », qui ne supportait pas l'arrivée de la gent féminine dans le corps professoral. Il n'aimait pas non plus la façon qu'avait Suzanne de nous secouer de temps en temps le cocotier.

– Mademoiselle Gasper, vous nous épargnerez à l'avenir vos leçons de pédagogie et de bonne conscience, dit le prof de maths. Le contexte de la guerre devrait vous inciter à plus de réserve dans vos commentaires. Dites-vous bien que vous avez déjà eu beaucoup de chance, en tant que femme, d'être désignée dans notre établissement.

« Vieux phallocrate ! » me suis-je dit. Mais je n'ai pas osé contrer le grand Hasse en salle des profs. Suzanne, elle, resta étonnamment calme par rapport à une remarque aussi rétrograde de la part d'un collègue. Elle se contenta de répliquer, avec un grand sourire :

– Cher Monsieur Hasse, partout on nous demande de nous mobiliser pour la patrie en danger. Moi, je veux bien me mobiliser, mais d'abord pour mes élèves en danger !

Suzanne maniait habilement la dialectique. Avec ironie. Elle avait d'ailleurs bien besoin de cette arme de rhétorique pour s'imposer dans ce monde de machos. En cette fin de l'année 1941, la mixité était encore une valeur taboue dans la plupart des écoles. Suzanne Gasper était le premier professeur féminin engagé au lycée, et moins de 15 élèves sur les 400 de l'école étaient des filles.

Hector Romains, le directeur, ne supportait pas non plus la mixité. Il avait dû s'y résoudre, sous la contrainte. Romains aurait signé des deux mains pour conserver un établissement exclusivement composé de jeunes gens. Il trouvait que les filles avaient « les mœurs plus légères » et qu'elles perturbaient la bonne concentration de ces vénérés mâles.

Un jour, le directeur adressa même une lettre très officielle au secrétariat du ministère de l'Éducation. Je m'en souviens très bien. C'est d'ailleurs moi qui ai dû retaper le texte à la machine à écrire, le directeur n'avait plus de secrétaire à sa disposition et il faisait appel à moi de temps en temps pour lui retranscrire des courriers. « *Si ces jeunes filles s'inscrivent dans notre lycée, c'est par snobisme, par coquetterie, par gloriole. Or, l'éducation qu'elles reçoivent chez nous est faussée, ne s'inspirant en rien d'un idéal féminin et ne faisant aucune place aux préoccupations normales futures des femmes. Nous créons ainsi des êtres qui auront perdu le charme, la douceur, la soumission qui devraient être l'apanage des jeunes femmes, sans qu'elles acquièrent la volonté, l'initiative et la décision qu'on attend d'un jeune homme. Comme la plupart ne réussiront pas dans les carrières masculines (c'est un fait d'expérience), elles resteront des névrosées, des ratées, même physiologiquement.* »

Cette prose édifiante du directeur Hector Romains adressée au ministère de l'Éducation était un ramassis de clichés sexistes et misogynes. Monsieur Romains, j'en suis certain, avait peur des femmes. Peur de perdre son pouvoir et ses certitudes. Peur de se faire déstabiliser par des jeunes femmes à la personnalité beaucoup plus créative que lui. Et comme le directeur du lycée avait très peur, il en devenait bête et méchant.

J'ai été tellement révolté par ce courrier du directeur envoyé au ministère qu'un dimanche après-midi, j'ai voulu en parler à Suzanne Gasper. Chez elle, à l'abri des oreilles indiscrètes du lycée. J'aimais me confier à Suzanne, on partageait le même cours d'histoire, et puis je la trouvais toujours de bon conseil, je la considérais un peu comme ma grande sœur.

J'ai enfourché mon vélo et parcouru trois kilomètres. Suzanne n'habitait pas très loin, au bout de la petite ville, dans une grande propriété protégée par de hauts murs. Elle était restée dans la maison familiale. Sa maman, m'avait-elle dit, était décédée avant la guerre, et son vieux père, le docteur Gasper, avait été victime deux ans plus tard d'une thrombose qui l'avait terriblement diminué. Le docteur Gasper ne recevait quasiment plus de patients, à l'exception de quelques personnes âgées pour des grippes et bronchites sans gravité. Suzanne, fille unique, veillait sur son papa, comme une infirmière garde-malade. Elle lui faisait à manger, elle préparait ses médicaments, elle veillait à le mettre au lit chaque soir.

Pierre ne s'était jamais offusqué de ce ménage à trois avec son beau-père.

Pierre ? Pierre Clarens ? Je ne vous en ai pas encore parlé ? C'était le compagnon de Suzanne. Il devait avoir plus ou moins le même âge qu'elle, dans la trentaine. Pierre et Suzanne vivaient ensemble depuis trois ou quatre ans et ne semblaient pas pressés de se marier. Rejet des conventions et des traditions sans doute. En attendant, dans la petite ville de Morelange, vivre sous le même toit sans être mariés faisait jaser.

Pierre était avocat. Un type très bien, précis, rigoureux. À première vue, plus discret que sa compagne, plus effacé. Mais les apparences sont parfois trompeuses. Il dissimulait peut-être sa timidité derrière de grosses lunettes de myope, mais quand il devait plaider devant un tribunal, Pierre dévoilait une autre personnalité. Il était alors pugnace, il élevait la voix. Son aplomb et sa détermination lui avaient permis d'emporter plusieurs fois la conviction des magistrats.

Pierre Clarens n'exécrait rien tant que l'injustice. C'est pour cela qu'il avait enfilé la toge. Pour combattre l'injustice et l'iniquité. Avec Suzanne, il avait trouvé la partenaire complémentaire. Suzanne non plus ne supportait pas la moindre forme d'inégalité et de déloyauté. Surtout les discriminations à l'égard des jeunes filles à qui l'on barrait la route de la scolarité.

En 1942, le barreau de Morelange demanda officiellement si l'un ou l'autre avocat accepterait de défendre en justice des personnes poursuivies devant les tribunaux d'occupation présidés par des magistrats allemands.

Tout le monde se défila. Aucun avocat n'avait envie de se prêter au jeu de cette justice tronquée, imposée par l'occupant. Seuls le bâtonnier M^e^ Michaux et le jeune avocat Pierre Clarens acceptèrent de défendre quelques prévenus devant le conseil de guerre allemand, le *Kriegsgericht*. Pierre avait l'avantage de se débrouiller dans la langue allemande. Très proche des petites gens de la région de Morelange dont une bonne moitié parlait le patois germanophone, Pierre pouvait plaider en leur nom devant les magistrats allemands, sans recourir à un interprète.

Pierre Clarens me dit un jour : « J'ai juré de défendre en mon âme et conscience. Si ces pauvres types n'ont personne pour les défendre, pour parler à leur place, alors on est vraiment tombés dans le règne de la barbarie. Alors nous pouvons brûler notre toge d'avocat et laisser les nazis condamner ces personnes dans le plus total arbitraire. Déjà, la guerre nous a muselés, elle nous a tout pris. Qu'on ne nous prenne pas en plus la dignité, le droit. »

C'est arc-boutés sur ces nobles principes que Pierre Clarens et son bâtonnier sont intervenus au conseil de guerre de Morelange.

Dans un dossier, Pierre a dû défendre un boulanger de la ville qui avait « manifesté trop ostensiblement devant sa clientèle des sentiments anti-allemands ».

C'était vraiment une parodie de justice. Le conseil de guerre allemand fit convoquer deux témoins qui avaient soi-disant entendu les propos du boulanger dans son magasin. Avaient-ils été payés par les Allemands ?

Ou simplement voulaient-ils être bien vus de la *Kommandantur* ? Toujours est-il que les témoins en ont remis une couche devant le tribunal, en affirmant que le brave boulanger avait traité les soldats de la *Wehrmacht* de « Boches ». Pierre Clarens eut beau réclamer la clémence du tribunal pour ces propos qu'il estimait peu infamants, le *Kriegsgericht* trancha : le boulanger fut condamné à cinq mois de prison pour injures envers l'armée allemande.

Tout au long de 1942 et 1943, Pierre a ainsi défendu une série de prévenus de la région pour des peccadilles relevées par les Allemands. À Gomeraux, le village voisin, un cultivateur avait été surpris en train d'écouter la BBC sur son poste de TSF. Il s'est pris quatre mois de prison. Une dame déjà âgée, de Morelange, avait été arrêtée le 11 novembre 1941 parce qu'elle portait une cocarde tricolore belge à l'occasion de la commémoration de l'Armistice. Pierre Clarens tenta de convaincre que la dame n'avait jamais voulu offenser l'autorité allemande, la prévenue écopa de six semaines de prison ferme.

Mais il y avait des délits plus importants aussi qui étaient poursuivis par l'occupant : des sabotages ou tentatives de sabotage, que le tribunal allemand sanctionnait généralement par des années d'incarcération ou la déportation en Allemagne. Parfois, dans le pire des cas, par une exécution.

Dans plusieurs dossiers cependant, Pierre Clarens a réussi à obtenir d'importantes réductions de peine. Pierre, je crois, a réalisé là un boulot très utile. Discrètement, avant certains procès devant le *Kriegsgericht*, l'avocat a pu rencontrer l'officier de la *Kommandantur* de Morelange, qui était chargé de l'instruction des affaires. Cela lui a permis d'obtenir des mesures de faveur pour plusieurs patriotes. Au fil des audiences, le jeune avocat parvenait à mieux percevoir l'argumentation structurée de ses contradicteurs allemands, pour mieux y répondre et se montrer convaincant. Il est arrivé aussi à Pierre de retourner dans le bureau du magistrat du *Kriegsgericht* même après le prononcé d'un jugement, pour réclamer une atténuation de peine.

Le comble, c'est que j'ai entendu au café du Troquet deux gaillards qui critiquaient Pierre Clarens pour la défense de ces personnes devant le conseil de guerre allemand. « Dis, Raymond, l'avocat Clarens, il ne vaut pas mieux que les autres, tu crois pas ? Il paraît qu'il défend maintenant des gars devant le tribunal des Boches. Ils feraient n'importe quoi, ces avocats, pour se mettre du fric en poche. Ça me dégoûte. Tu penses bien que c'est pas le père Bertin, de Gomeraux, qui a pu payer son avocat. Le vieux Bertin, il s'était fait choper en train d'écouter la BBC. Je te dis que le Clarens, l'avocat, il doit être payé directement par les Allemands pour pouvoir plaider dans leur tribunal. Raymond, je te le dis… »

Raymond et Norbert, consommateurs du café du Troquet, avaient tout faux. Durant la guerre, j'en suis formel, Pierre Clarens n'a jamais réclamé le moindre honoraire à des patriotes poursuivis pour des faits de sabotage et de résistance. Je sais simplement que pour les délinquants de droit commun, poursuivis pour des vols ou autres délits, il a envoyé des factures, modérées, car il fallait quand même trouver quelque rétribution pour continuer à vivre.

Faut-il que je vous précise une autre chose ? Bien sûr, l'avocat Clarens ne recevait aucune commission ni prébende des autorités judiciaires allemandes. Il n'aurait jamais supporté une telle voie détournée, mercantile et déloyale.

Suzanne Gasper, sa compagne, m'a raconté qu'ils avaient eu une conversation elle et lui, la veille du jour où Pierre avait assuré sa première plaidoirie devant le conseil de guerre allemand. Pierre avait paraît-il longtemps hésité à se présenter devant les magistrats allemands, car il avait bien conscience du risque professionnel qu'il prenait. Dans la population de Morelange, beaucoup n'auraient pas compris la portée de sa mission d'avocat.

Suzanne lui dit tout simplement : « Pierre, fais selon ta conscience, quitte à te faire blâmer. Mais assure la défense de ces malheureux gars arrêtés par les Allemands ! »

Soutenu et encouragé par Suzanne, Pierre Clarens, mon ami, a toujours poursuivi un idéal. Défendre. Défendre. Encore défendre.

Parce que Pierre, jeune avocat, avait prêté serment de « jurer fidélité au roi, obéissance à la Constitution et aux lois du peuple belge, de ne point s'écarter du respect dû aux tribunaux et aux autorités publiques, de ne conseiller ou défendre aucune cause qu'il ne croirait pas juste en son âme et conscience. »

Pierre croyait juste de plaider devant le conseil de guerre allemand. Il avait prêté serment et s'était juré de rester fidèle à cet engagement jusqu'à son dernier souffle.

# 3

Ce dimanche-là – c'était au mois de novembre 1942 –, quand je suis arrivé à vélo dans la propriété de Pierre et Suzanne afin de raconter à ma collègue la dernière initiative « machiste » du directeur de l'école, Hector Romains, j'ai salué d'abord Pierre et son beau-père, le docteur Gasper. Malgré son handicap, le vieux médecin tentait tant bien que mal de donner la réplique au compagnon de sa fille à un jeu d'échecs. Tous deux étaient assis autour de la table du salon.

– Suzanne n'est pas là ? ai-je demandé à Pierre.

– Si, si, mais tu la connais, Hervé, le dimanche après-midi, après le repas, il faut chaque fois qu'elle prenne l'air, qu'il neige, qu'il vente ou qu'il grêle. Tu la trouveras près de la verrière, elle est occupée à transplanter des arbustes avec Dieter.

– Dieter ?

– Oui, Dieter. Tu ne l'as jamais rencontré ? Dieter Hoffman est un officier allemand. C'est lui qui dirige à Morelange le peloton de la *Feldgendarmerie*, la police militaire qui contrôle la région. En tant qu'officier, il réside à quelques mètres d'ici, dans le pavillon annexe au château Frantenay. Il y a quelques semaines, Dieter Hoffman est venu une première fois réquisitionner la plupart des légumes de notre potager. Lui et ses hommes se sont aussi copieusement servis en denrées diverses et en bouteilles de vin que nous avions stockées dans nos caves. Cela ne s'est pas trop bien passé avec lui, mais la deuxième, puis la troisième fois qu'il est revenu dans notre propriété, Dieter Hoffman s'est montré plus aimable. Plus gentleman aussi. Nous avons appris à mieux le connaître. C'est un officier qui possède une grande culture. Viens, je vais te le présenter…

– Mais Pierre, ce Dieter, il est allemand ! Vous êtes devenus fous ! Il n'est absolument pas question que je serre la pince d'un Allemand. On est en guerre, bordel !

– Je sais qu'on est en guerre. Je le sais même trop bien. En tant qu'avocat, je n'ai plus un seul gros dossier à traiter, à part ces audiences accélérées devant les conseils de guerre. Mais l'état de guerre n'exige pas que nous tirions sur l'ennemi à boulets rouges vingt-quatre heures sur vingt-quatre. Derrière la haine, derrière les barrières, il peut y avoir des points communs entre les peuples, tu ne crois pas ? Crois-tu que tous les soldats allemands qui ont quitté depuis des mois leur foyer, leur famille, leurs enfants, crois-tu qu'ils sont tous des bouchers et des assassins ? Chez eux aussi, il y a un tas de pauvres types, j'en suis sûr, qui n'ont eu d'autre choix que de s'enrôler dans la *Werhmacht*, sinon c'était le peloton d'exécution.

– Dites, Maître Pierre, vous êtes en train de plaider, si je ne m'abuse ?

– Oui, mon vieux Hervé, sans doute. Déformation professionnelle… Allez viens, on va aller saluer Suzanne dehors.

Je pris congé du docteur Gasper et, accompagné de mon ami Pierre, je sortis de la maison et descendis les marches menant au jardin à l'arrière de la maison. Je vis Suzanne de loin, au bout de la propriété, accroupie le long des arbustes. Pour être plus à l'aise dans ses travaux de jardinage, la jeune femme portait un pantalon de velours côtelé ; elle avait noué ses cheveux en arrière et enfilé des gants pour manipuler la terre.

Suzanne n'était pas seule. À ses côtés, une bêche à la main, il y avait un grand gaillard, en chemise et pantalon gris. Il portait des bottes. Pas en caoutchouc comme nous avions. C'étaient des bottes militaires.

L'homme parlait. Et sa voix était grave et puissante. On pouvait l'entendre au moins à quinze mètres à la ronde. « C'est vivant, Suzanne, un jardin. Ça bouge, ça évolue. Vous voyez ici, ce laurier rose, il vous a donné trop peu de fleurs cette année, car vous ne l'avez pas assez exposé au soleil. Il est comme les êtres humains, cet arbuste. Il a besoin qu'on s'en occupe, qu'on ait de l'affection pour lui ! Vous devez lui donner plus de terre fraîche, et surtout plus de soleil. Il ne faut pas hésiter à le changer d'endroit pour mieux l'exposer à la chaleur. »

L'homme semblait très sûr dans son explication. Il s'exprimait avec un fort accent allemand, mais il parlait très bien notre langue, le français. C'était Dieter, le fameux officier allemand. Je saluai Suzanne par une bise sur la joue. Dieter se tourna vers moi et me dit d'un ton enjoué et presque amical :

– Vous êtes sans doute Hervé. Hervé Jaminet. Enchanté ! Pierre et Suzanne m'ont beaucoup parlé de vous. Veuillez m'excuser si je vous salue de la main gauche, car ma main droite est toute sale, à cause de cette terre.

Garçon poli, très affable. Trop poli ? Trop affable ?

C'était la toute première fois de ma vie en tout cas, et la dernière fois j'espérais, que je devais saluer un officier allemand.

– Et vous, Hervé, vous êtes aussi expert en maniement de pelles et de bêches ? me demanda l'Allemand.

Je balbutiai quelques mots et ne trouvai pas plus intelligent que de dire : « Je suis assez maladroit dans la vie, surtout quand je dois transplanter des arbustes. Ils sont fragiles. Je risquerais de les casser… » Et j'accompagnai cette phrase d'un rire stupide, un rire jaune, qui trahissait bien ma nervosité de devoir converser avec un Allemand.

– Mais voyons, c'est simple, reprit l'officier allemand. Ce qu'on recherche surtout, c'est préserver le plus grand nombre de racines. Comme cela, l'arbuste disposera de grandes chances de survie.

Dieter, muni de sa bêche, creusa alors autour du laurier rose une tranchée d'un diamètre de plusieurs centimètres. Son geste était sûr, terriblement efficace. Il releva délicatement la motte avec une pelle, avant de la déposer sur une grande bâche noire qu'il avait placée juste à côté. Il fit glisser le tout quelques mètres plus loin, juste à côté d'une série de groseilliers où le frêle laurier serait transplanté.

– Voilà, c'est là que cet arbuste va renaître, lança Dieter. C'est incroyable que ce soit nous, les Allemands, qui redonnions vie à vos végétaux, vous les Belges et les Français. C'est bien ça, l'Europe sans frontières ! De même à Paris, notre ambassadeur, Otto Abetz, est en train de redonner vie à des opéras et des pièces de théâtre que vous n'aviez plus joués depuis des années.

– Dieter, j'apprécie votre humour au second degré, répliqua Suzanne. Mais ne faites pas le fanfaron. On n'a pas attendu l'arrivée de l'armée allemande chez nous pour apprendre à transplanter un arbuste et à rejouer un air d'opéra ! Mais si nous pouvons profiter de votre savoir-faire, nous aurions tort de nous en priver. Un grand merci en tout cas pour votre aide.

Dieter se confondit en excuses et assura qu'il n'avait pas voulu nous offenser. « Le troisième *Reich* peut être un aigle très présomptueux, mais il a aussi de grandes faiblesses. » ajouta l'officier allemand.

Et cet après-midi de l'automne 1942 se prolongea ainsi. C'était complètement surréaliste. Alors qu'on était en pleine guerre, alors que des camarades se faisaient tuer, torturer, ou étaient blessés par l'ennemi, voilà que moi, Hervé Jaminet, jeune prof loyal et plein d'idéaux, j'étais en train de parler terreau et arbustes avec un officier nazi, à qui j'aurais dû normalement cracher au visage.

– Et à part ça, Hervé, quel bon vent t'amène chez nous un dimanche après-midi ? me demanda Suzanne.

– Oh, rien, je passais comme ça, pour dire bonjour. Je voulais te dire un mot de la dernière initiative de notre directeur, le père Romains. Mais je ne veux pas t'embêter avec cela maintenant. On en reparlera demain, à l'école…

Un vent chargé de pluie se leva. Le ciel était très bas, comme s'il allait vider toute sa tristesse de novembre sur nos têtes. J'en profitai pour prendre congé de mes amis et repartir à vélo. Je dis au revoir à tout le monde. Sauf à Dieter Hoffman. J'avais sans doute moins d'ouverture d'esprit que l'officier allemand.

# 4

Le lendemain, entre deux heures de cours, dans un couloir de l'école, je racontai rapidement à Suzanne ce que le directeur avait envoyé comme courrier à la direction du ministère de l'Éducation.

– Monsieur Romains, il a donc une telle phobie d'accueillir des filles dans son école ? réagit Suzanne. Comment peut-on avoir des idées si arrêtées ? J'ai bien envie d'aller lui dire ce que je pense, moi, à notre directeur…

– Évite cela, Suzanne. Sois prudente. Tu n'es pas nommée définitivement dans l'école. Et tu sais bien que le père Romains, il peut te virer dès que bon lui semble. Tu as vraiment intérêt à te tenir à carreau, même si, comme toi, je suis convaincu qu'on a affaire là à la pire espèce des réactionnaires !

Suzanne adorait faire de longues incises et ouvrir plusieurs tiroirs au sein d'une même conversation. Elle me dit alors : « Hervé, t'ai-je déjà dit que Pierre et moi, nous éprouvons des difficultés à avoir un enfant ? »

– Non… je l'ignorais.

– De toute façon, je crois que je n'en veux pas maintenant, d'un bébé. Ce serait irresponsable en temps de guerre.

– Oui, mais tu as déjà trente ans.

– Je sais, mais pour l'enfant, si on y arrive un jour, ça peut encore attendre.

– Au fait, Suzanne, pourquoi tu me parles des enfants, des bébés, maintenant ?

– Parce que notre cher directeur, Monsieur Romains, il me fait penser au maréchal Pétain en France. Tu connais la dernière de Pétain ? Son gouvernement de Vichy a fait placarder des affiches. On peut y lire : « Un ménage sans enfants est un couple à la dérive. » Pétain et sa clique ont aussi fait savoir que « la femme coquette, sans enfants, n'a pas sa place dans la cité. C'est une inutile. » Je viens de lire tout cela dans un journal.

Suzanne me regarda alors droit dans les yeux. Elle prit un long temps de respiration et me demanda :

– Crois-tu, Hervé, que je sois une inutile ?

– Bien sûr que non, Suzanne, tu n'es pas inutile. Tu es même indispensable à nous tous et à la bonne marche de notre école ! Sans toi, nous serions perdus.

– Allez, fous-toi de moi en plus…

Sur ce, Suzanne m'offrit son plus beau sourire et me déposa une bise amicale sur la joue.

J'admirais cette femme, je lui portais la plus haute estime, et si elle n'avait pas choisi de faire sa vie avec Pierre, l'un de mes meilleurs amis, sans doute lui aurais-je fait la cour. Mais la réalité me rappelait très vite à la raison. Il y a des pics inaccessibles, même pour des alpinistes audacieux.

Suzanne me dit alors au revoir avant d'aller rejoindre ses élèves. En tournant les talons, elle fit tomber involontairement sur le carrelage une revue et un journal qu'elle tenait sous sa serviette. Galant homme, je m'empressai de ramasser les publications.

À ma grande surprise, je découvris la couverture du *Pays réel*, un journal proche de la collaboration avec les nazis et édité par le sinistre Léon Degrelle, le leader et fondateur du parti d'extrême droite Rex.

Avec une pointe d'irritation dans la voix, je fis part de mon étonnement à Suzanne. Comment pouvait-elle se promener avec une prose si fangeuse, qui transpirait la mort et vouait aux gémonies les juifs, tsiganes, francs-maçons et toutes formes d'ethnies particulières ? Degrelle était pour moi un opportuniste qui frottait la manche aux Allemands pour monter dans l'échiquier. Ses thèses raciales et linguistiques étaient inacceptables, sans aucun fondement historique. N'avait-il pas proclamé récemment que les francophones de Belgique, les Wallons, étaient « des Germains de langue romane » ? Sot. Inepte.

Qu'est-ce que Suzanne faisait avec un tel journal sous le bras ? Cela ne lui ressemblait vraiment pas. C'était indigne d'elle.

– Rassure-toi, Hervé, me fit-elle calmement. Je n'ai pas d'un seul coup jeté mes idéaux aux oubliettes. Je ne suis pas devenue militante du parti Rex. J'ai eu simplement envie de découvrir ce que contenaient leurs publications dont on parle tant. Pour analyser et décortiquer leur argumentation nauséabonde. Dans mon cours d'histoire, je veux que mes élèves acquièrent de l'esprit critique. C'est trop facile d'émettre des avis péremptoires quand on ne sait pas. Trop facile de reprendre bêtement des opinions que l'on a entendues de part et d'autre. Ici, mes élèves pourront juger et apprécier en connaissance de cause.

Je ne répondis pas tout de suite. J'étais partagé entre ma répugnance pour ce journal, *Le Pays réel* – l'œuvre de quelques fascistes et opportunistes – et la volonté de Suzanne d'aller au-delà des apparences, au-delà des a priori.

Suzanne Gasper voulait toujours en savoir plus, analyser un phénomène ou une opinion de l'intérieur, les mettre en perspective, en saisir tous les aspects afin de pouvoir mieux les réfuter, les repousser ou au contraire y adhérer. En cela, elle était vraiment une femme moderne, intelligente. Une jeune enseignante libre, indépendante, qui ne supportait pas qu'on lui dicte sa façon de penser. Une femme universitaire, qui s'ouvrait à l'universalité des points de vue.

Elle abhorrait les étiquettes, les amalgames, les condamnations définitives et à l'emporte-pièce. Pour elle, il fallait toujours creuser les choses, ne pas rester en surface, tendre à la connaissance pour se forger un avis plus affiné.

Au fond de moi, j'étais d'accord avec cette philosophie de mon amie, mais en même temps, une inquiétude me minait. Par son attitude, Suzanne Gasper n'était-elle pas trop téméraire, j'allais presque dire suicidaire ?

Sa réflexion et sa méthodologie, avant-gardistes, seraient-elles acceptées par une société d'autant plus frileuse et conservatrice qu'on était en temps de guerre, une période peu propice à la progression et au partage des idées ?

# 5

Quelques jours plus tard, Suzanne Gasper reçut un avis du secrétariat de l'école lui demandant de passer au plus vite dans le bureau du directeur.

– Tu vois, Suzanne, tu aurais dû être plus prudente, lui dis-je avec une moue sur le visage. C'était trop dangereux d'amener en classe ce journal, *Le Pays réel*. Comme par hasard, le père Romains n'y a vu aucune vertu pédagogique. J'espère qu'il ne va rien t'en coûter.

– Je verrai bien. Ne t'en fais pas pour moi, Hervé, je me sens droite dans mes chaussures. Au fond, qu'est-ce qu'on a à me reprocher ? Que je cherche trop à faire progresser mes élèves ?

À la récréation du matin, Suzanne entra dans le bureau de Monsieur Romains. L'atmosphère était lourde et tendue. Au mur, le directeur avait affiché à l'aide d'une punaise un arbre généalogique quelque peu jauni, reprenant toute la famille royale belge depuis le premier souverain, Léopold Ier. Léopold II, le second de la lignée, était le plus imposant avec sa vénérable barbe blanche et sa conquête coloniale du Congo durant laquelle certains Anglais lui reprochaient d'avoir fait couper les mains des indigènes les moins dociles dans la récolte de caoutchouc.

Albert Ier, le troisième des rois belges, était de loin le plus sympathique et le plus valeureux, lui qui, pendant la Première Guerre, était resté quatre ans au milieu des troupes belges encerclées par les Allemands autour de l'Yser. Au côté de ces souverains, étaient apposés au mur deux portraits de l'actuel jeune roi, Léopold III, et de son épouse Astrid, décédée dans un accident de voiture.

Suzanne Gasper eut la nette impression qu'elle allait comparaître devant le tribunal martial de la Cour de Belgique et que Monsieur Romains était le grand procureur du roi.

– Asseyez-vous, Mademoiselle ! fit sèchement Romains, un petit homme trapu et rondouillard qui tentait maladroitement d'occulter sa calvitie par une perruque à quarante francs achetée au Prisunic. Entre nous, dans la salle des profs, la « moumoute » du directeur prêtait souvent à des moqueries, elle me faisait penser au paillasson brun à poils drus figé depuis des années devant l'entrée du concierge du lycée.

– Mademoiselle Gasper, vous vous doutez bien de la raison pour laquelle je vous ai convoquée dans mon bureau…

– Pas vraiment, Monsieur le directeur.

– Sachez, Mademoiselle, que j'ai reçu les jours derniers deux visites de parents d'élèves vous concernant. C'est toujours désagréable pour un directeur d'école de devoir entendre des remarques de ce genre. Un de ces couples est très important ; il s'agit du docteur Arnaud et de son épouse. Ils sont les parents de Nora Arnaud, l'une de vos élèves de 5e. Le docteur Arnaud est le vice-président de notre comité de parents. Ce sont des gens que j'estime beaucoup. Ils sont très généreux. Chaque année, Jean Arnaud nous verse pas mal d'argent, très utile pour les rénovations de notre école. Je ne voudrais pas que votre comportement ait chagriné notre bienfaiteur…

– Monsieur le directeur, puis-je savoir pourquoi les parents de Nora Arnaud sont fâchés contre moi ?

Hector Romains se leva soudainement de son fauteuil : « Ne m'interrompez pas ! Mademoiselle Gasper, c'est moi qui vous interroge ici, pas l'inverse ! » cria-t-il très fort. Où en étais-je, moi ? Où en étais-je ? dit-il en se tamponnant le front avec son mouchoir. Ah, oui ! Le docteur Arnaud m'a dit que si vous continuiez ainsi, soit il retirait sa fille de notre école, soit il ne fournissait plus le moindre franc à nos œuvres scolaires. Vous vous rendez compte dans quel pétrin vous nous avez mis ?

– Monsieur le directeur, tout cela ne me dit toujours pas ce que l'on me reproche exactement.

– Vous le savez très bien. Les Boers…

– ?

– Oui, les Boers !

– Les bourres ? Je ne comprends pas… Vous parlez de la bourrée auvergnate ?

– Ne jouez pas à l'idiote avec moi, Mademoiselle, ça ne vous aidera pas. Oui, la guerre des Boers ! Vous avez donné une leçon d'histoire sur les Boers, ces paysans d'Afrique du Sud, mais vous avez réécrit leur histoire à votre façon. Vous les avez présentés comme d'innocentes victimes face aux « cruels » Anglais. Mademoiselle, c'est une version très caricaturale de l'histoire, que je ne peux cautionner. Vous êtes en train de chambouler la tête de nos élèves, avec vos idées si personnelles !

Suzanne devait se contenir pour ne pas rire à gorge déployée. Elle qui s'attendait à devoir s'expliquer sur l'usage en classe d'une revue de propagande pro-allemande était en réalité convoquée parce qu'on avait mal interprété l'une de ses leçons sur la fin tragique des Boers en Afrique du Sud.

Ah, la faute grave, qui lui valait les foudres du père Romains et le désaveu de l'honorable et très traditionnelle famille Arnaud !

Suzanne se souvenait très bien des propos exacts qu'elle avait tenus à ses élèves.

En octobre 1899, la Grande-Bretagne, avide de conquérir de nouveaux territoires dans le sud de l'Afrique, avait officiellement déclaré la guerre au Transvaal et à l'État libre d'Orange. Ces terres étaient farouchement défendues par les Boers, des paysans calvinistes descendant des Hollandais et des Français venus s'implanter autour du cap de Bonne-Éspérance au XVII^e^ siècle.

Cette guerre apparaissait au départ totalement disproportionnée et ne permettait aucun doute quant à son issue, avait expliqué Suzanne à ses élèves. Les Boers, mal équipés, peu nombreux, étaient dix fois moins imposants que l'armée anglaise formée de 4 500 hommes.

Mais les Boers étaient très vaillants ; ils parvinrent même à contre-attaquer par des actions de guerilla et de commandos.

Commandant les troupes anglaises, le général Horatio Kitchener décida d'utiliser la manière forte. Il fit emprisonner 200 000 Boers, hommes, femmes et enfants, dans des endroits clos qu'on n'appelait pas encore camps de concentration. Des milliers de Boers en sont morts, victimes de mauvais soins et de malnutrition.

Bien sûr, en 1902, l'Angleterre a fini par remporter ce combat de David contre Goliath et les pauvres Boers ont dû baisser pavillon. Ce qui irritait le professeur d'histoire Suzanne Gasper, c'est qu'en cette année 1942, on ne pouvait pas toucher à l'image de marque de l'Angleterre et à la vérité officielle sous prétexte de s'en prendre alors à l'un de nos fidèles alliés en lutte contre l'ennemi nazi.

– Bravo à l'Angleterre ! Dans le conflit des Boers, au début de ce siècle, c'est l'Angleterre qui a inventé le fil de fer barbelé pour parquer femmes, vieillards et enfants. Vous devez savoir tout cela, avait dit sur le ton de l'ironie Suzanne à ses élèves de 5e, dont Nora Arnaud. Si c'est ça que nous laisse en héritage le pays de Shakespeare et d'Isaac Newton, alors permettez-moi de ne pas être très fière de ces Anglais donneurs de leçons !

Suzanne Gasper était toujours confrontée à l'interrogatoire d'Hector Romains, dans le bureau de direction du collège. Il y avait plus d'une demi-heure que ça durait. Le père Romains n'en avait pas encore terminé…

– Il n'y a pas que les Boers…

Ça y est, Romains allait sûrement parler du journal *Le Pays réel.* Cette fois, Suzanne n'allait pas y couper. Pas si idiot Hector Romains… Le directeur avait préparé le terrain avec l'épisode de ces pauvres paysans d'Afrique du Sud, mais l'estocade contre Suzanne, il se l'était réservée avec l'utilisation du journal pro-allemand en classe. Comment allait-elle se dépêtrer en expliquant qu'elle n'avait jamais été abonnée à cette publication ?

– Vous souvenez-vous du passage d'avions anglais il y a quelques jours dans le ciel de Morelange ? demanda Romains. Ces forteresses alliées partaient bombarder le sol allemand. Qu'avez-vous dit à vos élèves à ce moment-là ?

Sans se départir de son calme, Suzanne raconta qu'un débat s'était effectivement amorcé entre certains garçons de la classe à propos des capacités de l'aviation anglaise et allemande : quelques élèves, les plus nombreux, croyaient à la supériorité des chasseurs anglais Spitfire et Hurricane, alors que d'autres prétendaient au contraire que les Stuka allemands étaient plus performants. Suzanne avait clos le débat en rappelant qu'en 1940, lors de la bataille d'Angleterre, la RAF, *Royal Air Force* anglaise, l'avait emporté. Cela, c'était une leçon d'histoire qu'on ne pouvait contester.

Nora Arnaud, une de ses élèves, sortit alors de son cartable des bandelettes de papier aluminium qu'elle avait ramassées à même le sol après le passage des bombardiers anglais. Rayonnante, Nora brandissait ces bandelettes comme un trophée. Signe de la future victoire contre les nazis.

– Mon père m'a dit que ces bouts d'aluminium lancés par les avions anglais parvenaient à tromper les radars allemands. On gagnera la guerre parce qu'on est plus malins que les Boches, hein Mademoiselle ? La classe riait.

– Oui, Nora, répondit Suzanne, on est parfois plus rusés qu'eux, mais parfois aussi, c'est tout le contraire. Cette guerre s'enlise, on n'en voit pas le bout. J'espère, Nora, que l'avenir te donnera raison. Mais pour l'instant, il faut en convenir, les Allemands ont encore toutes les cartes en main.

– Mademoiselle Gasper, vous nous cassez le moral, bondit Nora. C'est vrai quoi ! Je ne sais pas pourquoi vous devez toujours critiquer les Anglais, douter de la victoire finale des Alliés. Après tout, de quel bord êtes-vous ? Est-ce que vous tenez avec nous ? Mon père, il nous a dit l'autre jour que vous étiez peut-être une espionne à la solde des Allemands ! osa lâcher Nora Arnaud, très frondeuse.

– Nora, j'ai beaucoup de respect pour ton père, mais tu peux le rassurer : je ne suis pas une espionne allemande ! Par contre, je peux te dire que jamais je ne renoncerai à la vérité historique. Je veux qu'en sortant de mon cours, qu'en sortant de cette école, vous ayez acquis de l'esprit critique, vous ayez grandi en maturité. Je veux que vous soyez des esprits plus vifs, plus forts, plus libres ! Pour être tout à fait complète, Nora, ce serait bien aussi que tu précises à ton père que tu as eu 4/20 à ma dernière interrogation et que, vraiment, tu la joues en dilettante dans mon cours.

Hector Romains ne voulut pas en savoir davantage sur les avions anglais, sur les Boers, sur Nora Arnaud. Le directeur mit un terme à l'entretien.

Il voyait bien qu'il n'aurait pas le dernier mot avec un esprit aussi indépendant et rebelle que celui de sa jeune enseignante. Et puis, le but de Romains n'était pas d'exclure Suzanne du lycée – pas maintenant en tout cas –, mais de la menacer, de lui faire peur. Hector Romains était un être faible. Un lâche qui se cachait derrière des airs de faux dur.

– Au prochain dérapage ou incident de votre part, dit Romains à Suzanne, je serai obligé de faire un rapport à l'inspection pédagogique. Et là, vous savez ce que cela signifie, votre nomination au lycée n'est pas encore définitive. Vous voilà prévenue, ma fille !

– Sauf votre respect, je ne suis pas votre fille, Monsieur le directeur. Si vous en avez terminé avec moi, puis-je me retirer ?

– Partez, oui, partez… J'en ai assez entendu, dit-il d'un ton très las.

Hector Romains transpirait par tous les pores de la peau. Il avait son col de chemise trop serré, ce qui le gênait terriblement. Il voulut alors ouvrir la fenêtre pour aspirer un grand bol d'air frais, mais en se levant de sa chaise, il cogna violemment avec son genou le coin de son bureau. Sous le choc, le portrait de son propre père, Auguste Romains, inséré dans un petit cadre de verre, glissa d'un angle du bureau et vint s'écraser aux pieds de Suzanne. Le verre éclata en dizaines de petits morceaux qui s'éparpillèrent un peu partout sur le sol.

La photo de Monsieur Romains père était sauve. Auguste Romains, valeureux combattant de l'armée belge contre les Allemands en 1914, y apparaissait avec de grosses moustaches, l'œil gauche regardant légèrement de biais, la raie parfaitement alignée au milieu des cheveux et un air d'autosuffisance qui accentuait encore l'aspect ridicule de la pose devant le photographe.

– Papa, mon pauvre papa ! dit pathétiquement Hector Romains en se penchant par terre et en ramassant la photo tombée. Il serra le vieux cliché contre sa poitrine et réajusta sa perruque qui avait pivoté dans l'aventure. Sortez, Mademoiselle Gasper, sortez ! Vous cassez tout dans cette école. Vous détruisez même mes souvenirs…

# 6

Chaque soir, pendant la guerre, dans mon quartier de la rue des Tilleuls à Morelange, plusieurs personnes tentaient de capter en secret la radio des Alliés, la BBC, en ayant pris soin au préalable de bien fermer portes et fenêtres pour ne pas se faire repérer par la police ou une patrouille allemande. Le soir, chacun vivait reclus chez soi. Les nazis ne toléraient aucune source de lumière après l'heure du couvre-feu.

Aimant braver le danger, Suzanne Gasper écoutait aussi la BBC, sans se protéger le moins du monde du regard extérieur. Par une chance incroyable, jamais Suzanne ne fut repérée par les Allemands pour cette activité interdite. Je me suis demandé pendant un bout de temps si Dieter Hoffman, l'officier allemand, n'avait pas été cette « bonne étoile » pour Suzanne. Puis je me suis ravisé : Suzanne n'avait pas besoin d'un protecteur. Elle était assez libre et indépendante pour guider elle-même sa conduite.

Un jour, je surpris même Suzanne chez elle occupée à écouter une radio allemande, parce qu'ils programmaient souvent la *Walkyrie*, de Richard Wagner, une œuvre que Suzanne adorait.

– On dit que cette musique a des accents martiaux, guerriers, mais derrière le lyrisme, le panache, il y a aussi des brèches et des fissures. Tends bien l'oreille, Hervé, me dit-elle avec l'index de sa main droite en l'air et les yeux tout écarquillés. Tu entends… cette inflexion, cette douceur. C'est divin. Wagner est un génie humain, il nous rapproche du sacré !

Franchement, la *Walkyrie* et son compositeur ne m'inspiraient pas autant que Suzanne. Ce qui me gênait surtout, c'était d'oser avouer un emballement pour une œuvre créée par un Allemand.

Mon amie, elle, n'avait cure de tout cela. Jamais de ma vie, je pense, je n'ai rencontré de personnalité aussi « politiquement incorrecte ». Du moins pour l'époque. Je suis certain que derrière la provocation que Suzanne Gasper arborait parfois en surface, il y avait un réel désir de vérité ancré en elle.

Pendant toutes ces années d'occupation, les joutes verbales de Suzanne avec le vieux prof de maths Norbert Hasse en salle des profs furent légion. J'en fus le témoin privilégié.

Hasse applaudissait à tout rompre lorsqu'on apprenait, le matin, que des résistants avaient fait sauter une installation électrique ou un atelier d'entretien de locomotives. Tout était prétexte à briser l'ingénierie et l'intendance allemandes.

Suzanne était d'un autre avis. Autant elle saluait le courage des maquisards qui prenaient mille risques en bravant l'ennemi, autant elle craignait comme la peste des actions de représailles qui allaient inévitablement survenir et frapper à l'aveugle la population civile. Déjà à Marchignoule, un village pas bien éloigné de Morelange, les Allemands avaient pris en otages quelques hommes du bourg. Cinq d'entre eux avaient été fusillés, d'autres déportés vers l'Allemagne. Parmi nous, Suzanne Gasper n'était pas la seule à penser que parfois, les résistants allaient trop loin, qu'ils exposaient la population à des ripostes allemandes bien plus préjudiciables. Seulement, à la différence de nous, Suzanne exprimait tout haut ce que nous pensions tout bas…

Le prof de maths Norbert Hasse reprit la parole :

– Hitler est un fou furieux. Un démoniaque comme lui va commettre tôt ou tard de grosses erreurs de stratégie militaire. C'est à ce moment-là que les Alliés retourneront la situation en leur faveur et que nous gagnerons la guerre, dit Hasse, debout, avec son ton autoritaire généré par presque quarante années de *magister*.

– Monsieur Hasse, Hitler est peut-être un névrotique caractériel – vous avez sans doute raison – mais Goebbels et Goering, ses premiers lieutenants, sont des esprits malins, pernicieux, dont les Anglais et les Français feraient bien de se méfier, répliqua Suzanne.

Ce n'était pas de l'admiration de sa part, bien sûr, mais une analyse froide, réaliste. Au moins, Suzanne nous ramenait les pieds sur terre et tempérait les excès d'optimisme et les communiqués euphoriques diffusés par la propagande anglaise.

– Mademoiselle Gasper, vos propos sont pour le moins subversifs ! répondit le père Hasse, irrité qu'on vienne contester son avis. Normalement, nous devrions tous faire bloc derrière notre drapeau, derrière la nation. Et moi, je me demande pourquoi je perds encore mon temps à bavarder avec vous. Je vais être franc : je n'aime pas beaucoup les petites inciviques dans votre genre. Vous sapez le moral des troupes. Vous savez ce que je pense de vous ? Vous êtes indigne. Oui, indigne d'exercer cette haute fonction de professeur ! Vous seriez plus à l'aise dans ces réunions de quelques écervelés bolchéviques et féministes.

– Je vous remercie de me le rappeler, Monsieur Hasse, j'assiste justement aujourd'hui à l'une de ces soirées de bolchéviques et féministes, comme vous dites. Vous y êtes aussi le bienvenu. Je suppose que vous m'y accompagnerez ?

Toute la salle des profs partit dans un éclat de rire généralisé. Triste pantin, Norbert Hasse se leva, furibard. Il quitta le local, claquant la porte, avec fracas.

# 7

21 heures sonnent au bulbe rond du clocher de l'église de Morelange. Une ombre se découpe sur le trottoir, à l'angle de l'église et du café du Troquet sur la place. C'est l'ombre d'un homme pressé. Avec un chapeau feutre sur la tête et un élégant manteau gris foncé lui descendant jusqu'à mi-jambes, l'inconnu marche d'un pas rapide et rase les murs pour ne pas rencontrer d'importun.

Arrivé au bout de la place, l'homme tourne à droite dans la grand-rue. Il avance encore de quelques mètres, puis soudain, s'arrête devant la porte d'entrée d'un grand immeuble. C'est le siège du centre culturel de Morelange. C'est là qu'avant la guerre les spectacles et pièces de théâtre faisaient encore rire les gens. Aujourd'hui, on ne rit plus beaucoup. On survit.

Sur toute la largeur du bâtiment, une banderole a été déployée. On peut y lire, en grandes lettres capitales rouges sur fond blanc : *Deutscher Sprachverein.*

L'homme au chapeau et au long manteau regarde derrière lui, à gauche, à droite, comme s'il avait peur d'être rattrapé par des mauvais démons ou tout simplement parce qu'il veut s'assurer que personne ne l'a vu, ni suivi. L'homme sonne à la porte. On vient lui ouvrir assez vite. L'inconnu entre aussitôt dans l'immeuble. Après avoir longé un couloir obscur, il pénètre dans une grande salle au bout de laquelle est juchée une estrade en plancher.

Quelqu'un a reconnu l'homme au chapeau et au manteau gris. Il s'avance vers lui.

– Pierre, ça fait vraiment plaisir de vous voir ici ! Vous verrez, vous n'avez rien à craindre en assistant à nos soirées du *Deutscher Sprachverein.* Ce ne sont pas des assemblées de propagande nazie, je vous rassure. Nos soirées ne servent qu'à mieux faire connaître la langue allemande et à provoquer des rencontres amicales entre des cultures différentes.

– Dieter, je vous avoue que j'ai longtemps hésité. C'est surtout ma curiosité intellectuelle qui m'a amené ici, répond l'avocat Pierre Clarens, en serrant la main de son ami, l'officier allemand Dieter Hoffman.

M^e^ Clarens enleva son chapeau, son manteau. Il prit place sur une chaise aux côtés de Dieter, au milieu d'un public d'au moins deux cents personnes attendant un spectacle. Beaucoup de gens de condition modeste composaient cette foule.

– Dieter, j'espère que je ne me suis pas trompé en venant ici, dit Pierre à voix basse, se penchant vers l'officier allemand. Vous le savez, je suis avocat, j'ai une réputation en ville et dans la région. Et j'y tiens, à cette image. Suzanne est professeur au lycée. Ma venue au cercle culturel, ce soir, est strictement privée.

Elle s'inscrit dans le cadre de notre amitié et dans le seul but de mieux connaître la culture de l'autre.

M^e^ Clarens aurait pu ajouter qu'il souhaitait parfaire sa connaissance de la langue allemande, ce qui était utile pour son métier d'avocat, ses plaidoiries devant le conseil de guerre allemand et ses déplacements professionnels à Luxembourg, la ville grand-ducale toute proche.

Pierre Clarens n'avait pas dit non plus à l'officier allemand que ses autorisations de plaider devant le *Kriegsgericht* étaient maintenant remises en question par les Allemands. Le sous-directeur allemand de la prison de Morelange avait confié à Pierre que bientôt, un avocat du grand-duché de Luxembourg, germanophone, allait le supplanter devant le conseil de guerre. Mais Pierre tenait à conserver sa fonction. Pour ne pas perdre ses entrées au *Kriegsgericht* et conserver « l'oreille » des magistrats allemands, il décida de participer aux soirées culturelles du cercle *Sprachverein*.

Le silence et l'obscurité envahirent tout d'un coup la salle. Sur l'estrade, des enfants de Morelange, endimanchés dans leurs beaux habits et affublés de plastrons de la marine, commencèrent à réciter quelques textes en allemand, de Goethe et de Schiller notamment. Certains hésitaient, bafouillaient, d'autres avaient des trous de mémoire, mais tous au moins semblaient y mettre beaucoup de conviction. Après les enfants, monta sur le podium une chorale d'une trentaine de membres, composée de gens de la région et de quelques soldats allemands.

Ils entamèrent quelques *Volkslieder* allemands et des airs traditionnels du folklore germanique. À quelques jours de la Noël 1942, on eut droit aussi, en polyphonie, à l'inévitable *Tannenbaum.*

Porté par l'ambiance de la salle, Pierre se surprit à chanter lui aussi quelques couplets de *Mon beau sapin*, dans la version allemande.

Puis les enfants qui avaient assuré la première partie du spectacle remontèrent une dernière fois sur scène. Tout le public leur fit un triomphe lors de la reprise de la chanson du pantin, *Hampelmann.* Un air populaire allemand très connu. C'est l'histoire d'un pantin qui sort de son lit, s'habille, va se promener avec sa femme et l'emmène danser. *Jetzt steigt Hampelmann aus seinen Bett heraus o* !

Bon enfant, le public imitait les petits interprètes occupés à mimer tous les gestes du pantin. Celui-ci enfilait ses chaussettes (*Strümpfe*), puis son pantalon (*Hose*). C'était ensuite au tour des chaussures (*Schule*), de la veste (*Jacke*), la casquette (*Mütze*), avant que notre fameux pantin parte se promener dehors, au bras de sa chère et tendre… *Jetzt geht Hampelmann mit seiner Frau spazier'n.*

Il fallait voir l'avocat Clarens chanter en allemand et, en osmose avec la salle, répéter la gestuelle du pantin qui enfilait ses chaussettes et sa casquette.

– Il y a longtemps que je n'avais ri comme cela, confessa Pierre à Dieter après le spectacle.

– Vous avez vu que tout se passe ici de façon fraternelle. Nous ne sommes pas le grand méchant loup teuton qui vient avaler ses proies innocentes, répondit l'officier allemand, en plaçant une main amicale sur l'épaule de Pierre.

Avant de quitter la salle et rejoindre leur domicile, les participants à la soirée du *Deutscher Sprachverein* devaient s'accomoder d'une ultime formalité : défiler devant une table où l'on distribuait des laissez-passer et tickets de rationnement.

– Prenez-en, Pierre, ce sera toujours bien utile pour votre famille et les gens qui vous sont proches, affirma Dieter.

Pierre Clarens accepta également de verser deux francs de cotisation au mouvement. Cela faisait désormais de lui un abonné au journal mensuel de l'association, le *Morelangerzeitung*.

# 8

L'hiver 1942-1943 fut très rude. Le moral des familles était au plus bas. La pénurie de charbon s'intensifiait en raison de la guerre qui n'en finissait pas. Certaines personnes ne parvenaient plus à se chauffer tous les jours.

En raison du manque de combustible, Hector Romains, au lycée, décida de prolonger les vacances de Noël jusqu'à fin janvier 1943. La mesure était exceptionnelle. Suzanne appréciait peu cette longue période de repos forcé. Malgré la fermeture de l'école, la jeune femme continua à donner bénévolement des cours de rattrapage en français à des élèves en difficulté. Elle se rendait directement au domicile de ces adolescents.

Beaucoup de familles ne mangeaient pas à leur faim et ne parvenaient plus à trouver les produits de première nécessité. Au lycée et dans les autres écoles de Morelange, on distribua aux élèves des fruits pendant les récréations. Ils étaient de piètre qualité, mais au moins l'Éducation nationale fournissait aussi un effort pour les enfants et les adolescents.

Devant les magasins d'alimentation, les files s'allongeaient interminablement. Toutes les denrées de base comme le pain, le beurre, les céréales, les grumeaux d'avoine, devenaient rares et chères.

Suzanne Gasper, elle aussi, avait fait la file ce matin-là, devant le magasin Delhaize Le Lion, sur la grand-place de Morelange. La mort dans l'âme, la jeune enseignante avait vu devant elle une dame âgée et ses deux petites-filles repartir du magasin avec pour seules victuailles un petit pot de sucre, des rutabagas et trois faméliques tubercules de topinambours.

La pauvre grand-mère avait épuisé tous ses tickets de rationnement. Une des petites-filles – la plus jeune, elle ne devait pas avoir plus de cinq ou six ans – pleurait sur le trottoir : « J'en ai marre de ces rutabagas ! On en mange tout le temps. J'aime pas ça ! »

Suzanne n'hésita pas une seconde. Elle glissa ses propres tickets de rationnement dans la poche du manteau de la vieille dame. « Je n'en ai pas vraiment besoin, Madame, lui dit Suzanne. J'ai encore un peu de réserves chez moi. » La grand-mère ne voulait pas. « Prenez ces tickets, je vous en prie, insista Suzanne. Ils seront bien plus utiles pour vous et vos petites-filles. »

La brave dame, tout émue par le geste, ne savait comment remercier.

Suzanne s'éclipsa aussitôt.

À la maison, le soir, Suzanne exprima à Pierre, son compagnon, tout son dépit face à cette pénurie généralisée. Il n'était pas supportable que tant de familles ne mangent pas à leur faim.

– Pierre, on ne peut rester ainsi, les bras ballants, alors qu'il y a plein de gosses qui ont froid en ce moment et que d'autres n'ont presque rien dans leur assiette. Il faut faire quelque chose. On a deux solutions : soit on va poser des bombes, soit on trouve en urgence une solution moins risquée…

– Je préfère de loin la deuxième solution… Et si on remettait à des familles nécessiteuses les tickets de rationnement que je reçois aux réunions du *Deutscher Sprachverein ?* lança Pierre Clarens, tout heureux de sa trouvaille. Je suis même sûr que Dieter, très discrètement, saurait nous remettre d'autres tickets si je lui demandais.

– Oh, il y a des jours où j'ai la conviction de vivre avec le plus merveilleux des hommes ! fit Suzanne, radieuse, en venant embrasser son compagnon. Pierre, on va faire comme tu dis. Continue à fréquenter ce cercle culturel *Sprachverein*, au moins pour recevoir leurs tickets de rationnement qu'on pourra redistribuer à des gens dans le besoin.

Mais en réalité, Pierre n'assista plus qu'à deux ou trois soirées du *Deutscher Sprachverein*.

Il se rendit compte au fil des mois que la belle amitié belgo-allemande, le rapprochement des cultures, l'apprentissage de la langue de l'autre et le *Tannenbaum* chanté au pied du sapin, tout cela n'était en réalité qu'un paravent masquant une véritable opération stratégique de rattachement à l'Allemagne nazie.

Une importante minorité linguistique germanophone vivait dans la région de Morelange, et la direction de l'administration allemande, de concert à Bruxelles et Luxembourg, avait clairement l'intention d'annexer la région au grand-duché de Luxembourg voisin et à l'Allemagne. Même Dieter, l'ami et officier allemand, était l'instrument d'une stratégie géopolitique qui le dépassait.

Dès le mois de mai 1943, Pierre Clarens fit savoir à son ami Dieter Hoffman qu'il n'avait « plus le temps » de participer aux soirées culturelles du *Deutscher Sprachverein*. L'officier allemand n'émit aucune objection.

Pierre commit cependant une petite erreur : il oublia de faire supprimer définitivement son adhésion au cercle culturel germanophone. Ce que Pierre ignorait également, c'est que quelques jours plus tôt, des membres de la Résistance avaient intercepté en ville un courrier postal reprenant la liste des 363 membres affiliés au *Sprachverein* de Morelange. Les résistants ont copié cette liste, en ont fait une large diffusion entre eux et se sont promis que dès la fin de la guerre, les adhérents à ce mouvement culturel pro-allemand auraient de sérieux comptes à rendre.

Le nom de l'avocat Pierre Clarens se retrouvait inscrit en 361ᵉ position sur la liste.

# 9

L'occupant allemand redoubla de zèle pour convoquer au travail obligatoire en Allemagne les jeunes âgés de 18 ans et plus. Cette ordonnance concernait les hommes âgés de 18 à 50 ans et les femmes célibataires de 21 à 35 ans. L'administration allemande avait déjà pris cette décision fin 1942, mais ils n'avaient pas encore pu l'appliquer en raison des nombreuses protestations émises par les autorités civiles et religieuses en Belgique.

Au printemps 1943, l'Allemagne avait besoin d'urgence de main-d'œuvre dans ses usines pour participer à l'effort de guerre du *Reich*. Dans chaque région, dans chaque province, la *Werbestelle*, bureau allemand de recrutement, envoya des dizaines de convocations.

À Morelange, la *Werbestelle* locale adressa des courriers au directeur du lycée, Hector Romains. Étaient visés sept élèves de dernière année qui avaient déjà atteint la barre fatidique des 18 ans. S'ils ne pouvaient présenter un certificat de fréquentation scolaire, ces élèves ne pouvaient échapper au travail obligatoire en Allemagne.

Romains ne voulait prendre aucun risque avec les Allemands. Quatre des sept élèves concernés avaient déjà reçu une première convocation quelques mois plus tôt. Personne n'avait obtempéré, mais cette fois il s'agissait de rappels, avec force contraignante.

Au lycée, avec Suzanne et d'autres professeurs, nous sommes parvenus tout de même à persuader le père Romains de gagner encore un peu de temps, de jouer la montre.

Un peu contraint et forcé par son corps professoral, le directeur accepta d'envoyer une lettre en recommandé au ministère de l'Éducation. Romains écrivit : « *Ces élèves n'ont plus que quelques semaines à prester pour obtenir le certificat de l'enseignement secondaire. Ils ont dû souvent fournir de gros efforts pour parvenir au terme de ces études. Il serait très préjudiciable pour ces jeunes et leurs parents de stopper brutalement ce parcours scolaire. Si vous pouviez accorder un sursis de quelques semaines à cette convocation de la* Werbestelle, *ce report serait valable au moins jusqu'à la fin de l'année scolaire, en juillet 1943. En vous remerciant…* »

Le ministère de l'Instruction publique accepta cette requête, et trois jours plus tard, il fit savoir à Monsieur Romains qu'il pouvait rassurer ces sept élèves de terminale et leurs familles : ils ne partiraient pas tout de suite pour le travail obligatoire en Allemagne, mais attention, il n'y aurait plus aucune mesure de faveur au-delà de juillet.

Le problème est qu'à la fin du mois de mai 1943, l'administration militaire allemande en Belgique, la *Militärverwaltung*, passa outre l'accord du ministère de l'Instruction et mit en demeure Hector Romains de lui fournir cette fois la liste de tous les élèves. Il manquait trop de bras dans les usines du *Reich* tant les jeunes Allemands en âge de porter l'uniforme avaient été envoyés au combat sur tous les fronts européens.

La *Werbestelle* de Morelange fit monter la pression et téléphona tous les deux jours au directeur Romains. Celui-ci finit par craquer : « Je n'ai plus le choix. La *Feldgendarmerie* allemande vient demain matin à l'école. Si je ne fournis pas les registres officiels des élèves, je vais être arrêté. Mais si je ne suis plus là, qui gérera encore notre établissement, Monsieur Jaminet ? Qui ? L'école ne me survivra pas ! J'y vis presque jour et nuit ! » me dit Romains, tout pâle, en fin de journée.

Tout en assurant mes cours d'histoire, je continuais à prester quelques heures complémentaires de secrétariat dans le bureau annexe du directeur.

Le soir même, je convoquai une réunion urgente et amicale chez moi. Suzanne Gasper, Pierre Clarens et moi étions convaincus qu'il fallait passer à l'action. Si Hector Romains choisissait de faire la carpette par rapport aux Allemands, nous préférions la voie de l'audace, voire d'une certaine forme de résistance. Même s'il nous en coûterait quelques risques…

Cette nuit-là, entre 2 et 3 h, nous sommes revenus discrètement au lycée, Suzanne, Pierre et moi. Grâce à mes fonctions, je possédais la clé de l'entrée du secrétariat ainsi qu'une clé du bureau du directeur. Avec des lampes de poche, pour ne pas réveiller les élèves internes et les éducateurs, nous nous sommes introduits à pas feutrés dans le bureau de Monsieur Romains.

Très vite, nous avons pu mettre la main sur les registres des élèves avec leurs âges et leurs coordonnées, mais nous avons eu beaucoup plus de difficultés à retrouver l'autre liste, celle que les éducateurs tenaient à jour chaque matin pour les appels des présents. On chercha, chercha, pendant de longues minutes stressantes. Finalement, c'est Suzanne qui réussit à dénicher cette fameuse liste. Elle était insérée tout en dessous d'une pile d'autres documents.

– Vite, il faut cacher tous ces papiers dans un endroit où les Allemands ne pourront jamais les découvrir. Pourquoi pas à la cave, sous le tas de charbon ? lança Suzanne.

– Pas évident, tu sais, avec la pénurie, la hauteur de charbon a bien diminué, répliquai-je.

Mais on n'avait pas le choix. Tous les trois, nous sommes descendus aussitôt jusqu'aux caves du lycée. C'était la seule planque idéale à nos yeux. Jamais les Allemands n'auraient l'idée de faire des recherches sous ce combustible noir et salissant.

Quelques heures plus tard, dès 8 h le matin, Hector Romains fut tout penaud quand les gendarmes allemands lui demandèrent la liste des élèves. « Mais je ne comprends pas ! Cette liste était encore ici hier, à cette place… » répétait le directeur, qui n'arrêtait pas de retourner en tous sens la pile de documents ainsi que les fardes et classeurs qu'il avait empilés dans son bureau. Je fis semblant de rechercher activement aux côtés de Monsieur Romains. Jamais ce dernier n'imagina une seule seconde qu'il avait été berné par son fidèle secrétaire et l'un de ses professeurs…

Hector Romains se sortit finalement de cette mésaventure sans trop de fracas, hormis une solide engueulade qu'il dut subir du responsable allemand de la *Werbestelle* locale. Quant à Suzanne, Pierre et moi, nous étions heureux : notre geste avait pu enrayer l'envoi en Allemagne de plusieurs de nos élèves.

# 10

On arrivait à la fin de l'année scolaire 1943-1944. En entrant un matin dans la classe de 5e pour donner un de ses derniers cours d'histoire, Suzanne Gasper fut toute surprise de découvrir sur les tables des feuillets intitulés « Libertés ». Qui avait distribué ces tracts de la Résistance prônant des actes de rébellion et de sabotage contre les autorités allemandes ? Des documents qui dénonçaient aussi le nazisme, la collaboration et la répression.

« À bas les Boches ! » pouvait-on lire sur une des feuilles. « Vive les Anglais et le général de Gaulle ! » sur une autre. « Le roi des Belges, Léopold, est un poltron. Son père, Albert, lui au moins avait des couilles. » mentionnait trivialement un troisième exemplaire, faisant sans doute référence au courage du précédent roi des Belges, Albert, face aux Allemands durant la Première Guerre mondiale.

Au tableau, quelqu'un avait retranscrit cette phrase de Clémenceau : « Dans la guerre comme dans la paix, le dernier mot est à ceux qui ne se rende jamais. » Au moins, Suzanne Gasper possédait-elle déjà un indice : celui ou celle qui avait écrit cette phrase n'était certainement pas un premier de la classe ! L'auteur inconnu avait signé son forfait en oubliant d'ajouter « nt » au verbe « se rende ».

Suzanne avait toujours suscité l'esprit d'initiative chez ses élèves. Dans un premier temps, elle trouva donc très salutaire l'initiative de ces jeunes citoyens actifs, prêts à s'investir et à partir en résistance. Mais en parallèle, Suzanne estima très dangereuse pour la classe et pour l'école même la distribution de ces feuilles d'information particulièrement subversives.

– Qui parmi vous a déposé ces documents sur ces bancs ? interrogea Suzanne.

Personne ne répondit.

– Je répète. Qui parmi vous a amené ces feuilles ici en classe ? À titre personnel, sachez que je n'ai rien contre ceux qui se battent pour leurs libertés. Mais c'est beaucoup trop risqué d'amener ce genre de prose ici, en classe. Vous imaginez une seule seconde ce qui se passerait si le directeur, Monsieur Romains, tombait là-dessus ? Et les Allemands ? Vous devinez leur réaction s'ils interceptaient ces documents ? Je crois que ce serait la fin de notre école… Alors, qui ? Qui a fait cela ?

– …

– Je ne prendrai aucune sanction contre le ou les coupables. Je lui demande un minimum de courage et de sens des responsabilités.

Nora Arnaud se leva alors au fond de la classe et élevant très fort la voix, s'écria en direction de son professeur : « Et vous, Mademoiselle Gasper, vous en avez eu du courage pour amener en classe le journal

*Le Pays réel* ? Vous n'avez plus rien à nous dire. Vous n'avez qu'à vous taire. »

Nora sortit alors précipitamment de la classe et partit en courant à travers les couloirs. On ne devait plus jamais la revoir à l'école. Un ami me certifia que Nora Arnaud était déjà depuis quelque temps en contact avec la Résistance. Elle sortait même avec un jeune maquisard qui se cachait avec d'autres dans les bois. Nora s'impliqua plus intensément dans la Résistance en transportant le courrier entre le maquis de Morelange et la filière des aviateurs anglais. Elle faisait passer clandestinement les missives vers la France et la Suisse.

Au cours des semaines qui suivirent, l'occupation allemande devint de plus en plus coercitive et violente. Vexés par les actes répétés de sabotage des résistants dans des usines et sur des voies ferrées, les Allemands commencèrent à multiplier les représailles. Ils perdirent tout sens de la mesure, surtout au lendemain de l'annonce du débarquement des Alliés en Normandie. Ils prirent alors en otages puis envoyèrent en déportation des membres de la population civile choisis au hasard, qui n'avaient rien à voir avec les sabotages commis.

Une grosse vague d'émotion envahit tout Morelange lorsque Degrelle fit fusiller cinq habitants de la ville. Chef du parti Rex avant la guerre, Léon Degrelle était devenu major dans la *Wehrmacht*.

L'un des otages fusillés était un beau-frère du docteur Arnaud et un autre était un cousin d'Hector Romains, le directeur du lycée.

Toute la population était consternée. Dieter Hoffman, l'ami allemand de Pierre et Suzanne, n'avait rien à voir avec ce massacre. Responsable de la *Feldgendarmerie* locale, le capitaine allemand émit des protestations officielles auprès de la direction de la *Sipo* et de la *Gestapo* à Liège, la redoutable police secrète nazie. Il obtint pour seule réponse qu'on l'enverrait illico combattre sur le front de l'Est s'il n'était pas plus en phase avec la politique de la *Gestapo* !

– Ils sont devenus fous ! Au lieu de maintenir l'ordre et le calme, mes compatriotes soutiennent la milice locale à répandre la barbarie. J'ai parfois honte de mon pays, l'Allemagne. Il m'arrive certains jours de vouloir quitter mon uniforme, affirma Dieter un dimanche soir, en venant manger chez Pierre et Suzanne.

– Moi, j'ai honte pour l'être humain tout court, lui répondit la jeune femme, tout d'un coup très amère. Nous ne proposons plus rien à nos enfants. Il n'y a plus d'avenir. Plus de projet de société. Rien que du mépris et de la terreur.

J'étais moi aussi présent à cette soirée d'août 1944 dans la grande maison du docteur Gasper. La santé du vieux médecin avait encore décliné et celui-ci ne quittait quasiment plus son lit et sa chambre.

Je me souviens que j'avais une nouvelle fois voulu mettre en garde Suzanne contre la mauvaise réputation qu'elle s'était forgée parmi les enseignants du lycée. Son côté frondeur et indépendant, son engagement pour le féminisme et la liberté d'expression, tout cela était de moins en moins bien accepté par une société déjà brimée par les privations et les représailles sanglantes.

Norbert Hasse, le vieux prof de mathématiques, avait lâché le mot, devant nous, en l'absence de Suzanne en salle des profs. Mademoiselle Gasper était une « traîtresse ». Elle avait trahi son pays et conspirait avec l'ennemi.

– Hervé, je m'en fiche pas mal de tout ce qu'on peut raconter sur moi. J'ai ma conscience en paix et je crois avoir toujours fait preuve d'honnêteté intellectuelle. Ne crois pas que je sois une anglophobe primaire. J'aime lire les drames de Shakespeare. Ses œuvres nous décrivent les grands mythes de l'âme humaine. J'admire une femme écrivain anglaise comme Virginia Woolf. Outrée par la misogynie dominante, elle a osé comparer l'exclusion des femmes à la répression nazie. Pardon Dieter !

J'aime la musique baroque de Purcell tandis que l'*Alleluia* de Haendel me donne la chair de poule. J'aime cette Angleterre-là. Par contre, ce qui me fait plus frissonner, ce qui me glace même d'effroi, c'est quand je lis qu'Henri VIII a fait décapiter toutes les femmes qui ne savaient pas lui donner de garçon pour lui succéder. Quelle tyrannie ! Quelle phallocratie érigée en régime !

– Estime-toi heureuse, Suzanne, que je ne te fasse pas décapiter parce que tu ne me donnes pas d'héritier mâle, enchaîna Pierre, ce qui nous fit bien rire tous les quatre.

Suzanne s'écria alors, tout sourire :

– Quand je suis avec vous trois, comme ce soir, je me sens vraiment bien, comme apaisée. Cela doit être un peu ça, le goût du bonheur, être entourée d'un compagnon aimant et de deux hommes qui m'ont offert leur amitié. Je sais, c'est sans doute indécent de parler de bonheur alors que la guerre mutile et sacrifie tant d'innocents. Je me sens même égoïste en parlant ainsi. Mais je n'y peux rien, je me sens vraiment bien parmi vous, Pierre, Hervé, Dieter. Je ne puis m'empêcher de vous le dire…

– Et pourquoi serait-ce choquant de se dire heureux, aujourd'hui, en août 1944 ? répondis-je à Suzanne, moi qui en général était le plus taiseux du quatuor. On n'a rien fait de mal, on n'a pas triché, pas comploté. On n'a trahi personne. Avec Dieter, on a su dépasser nos antagonismes, on a réussi à aller au-delà de nos différences pour mettre en avant l'Homme, avec un grand H, l'universel, la tolérance.

– Je suis d'accord avec vous, mes amis, enchaîna Dieter Hoffman, mais n'oubliez pas que le bonheur ne dure jamais longtemps. On ne le sent pas toujours quand il est là. Il faut savoir le cueillir, le capter, dès qu'il passe. Le bonheur est fugitif comme un vol d'hirondelles en septembre. J'espère encore passer du bon temps parmi vous le plus longtemps possible, mais j'ai peur. J'ai peur que bientôt ces petits instants d'harmonie entre nous se seront envolés. La guerre est trop cruelle.

– Oh, comment faire taire ce prophète de malheur ? ironisa Pierre Clarens. On parle, on parle, mais se gargariser de mots ne comblera pas notre appétit. Et si l'on passait à la cuisine pour voir Dieter nous préparer ses fameux Knödel ?

Suzanne, Pierre, Dieter et moi passions notre dernière soirée tous les quatre. Je m'en souviens comme si c'était hier.

Alors qu'on était privés des denrées de base depuis 1940, ce soir-là chez les Gasper, j'ai raffolé de ces Knödel préparés par cet officier allemand qui savait tout faire : replanter un laurier rose, parler de Goethe, Brecht et Shakespeare, cuisiner des boulettes de pommes de terre comme sa grand-mère le faisait déjà dans sa Bavière orientale et comme je n'en avais jamais dégustées d'aussi bonnes jusque-là !

Bien des années après la guerre, je n'ai jamais réussi à cuisiner les Knödel comme Dieter Hoffman les préparait. Il mélangeait des pommes de terre à des bouts de pain plus secs de la veille qu'il découpait en petits morceaux. Dans le saindoux au fond d'une casserole, il faisait revenir un oignon coupé en lamelles très fines et mélangeait le tout à sa mixture. Dieter chauffait alors un peu de lait et le versait sur le pain et la pomme de terre. Avec de la farine et des œufs qu'il avait « empruntés » à la cantine locale de la *Feldgendarmerie*, il pétrissait l'ensemble en boulettes qu'il faisait cuire une vingtaine de minutes au bain-marie. Un régal ! Le comble, c'est que malgré la fin proche de l'Occupation et la pénurie de produits alimentaires, je n'ai jamais eu honte de me délecter de ce plat de notre ami allemand. C'était un des rares bons côtés de la guerre.

– Cela me fait plaisir que vous savouriez mes Knödel, dit l'officier allemand. Attention, ceux-ci ne doivent pas être trop durs, ils pourraient taper sur la tête ! ria Dieter.

Notre ami allemand nous narra alors cette histoire ou cette légende qu'on transmettait depuis des générations à Deggendorf, sa ville natale. On racontait qu'au Moyen Âge, la femme du maire de Deggendorf lança un Knödel à la tête d'un assaillant qui attaquait la ville. Ce geste eut le don de faire croire à tous les agresseurs qu'il valait mieux ne pas insister : les assiégés avaient encore tellement de vivres en réserve, pensaient les troupes ennemies, qu'ils pouvaient se permettre de les lancer en l'air. Abusés par ce stratagème bien involontaire, les assaillants levèrent le siège et laissèrent les habitants de Deggendorf avec leurs Knödel.

– Vous comprenez pourquoi ce plat bavarois de pommes de terre est un peu notre porte-bonheur ! ajouta Dieter, en souriant.

# 11

Tous les trois, nous avons ri ce soir-là, nous avons plaisanté à propos de cette femme bavaroise qui avait su tromper les ennemis en leur balançant des Knödel à la figure ! Mais je me rendis compte aussi que Dieter Hoffman, à l'autre bout de la table, crânait beaucoup. Contrairement à nos autres rencontres, son humour était loin d'être spontané. Il en rajoutait pour masquer une profonde mélancolie.

Avant de nous quitter, Dieter, tout d'un coup d'un ton très triste, le visage défait, se mit à dire qu'en réalité, il détestait sa ville natale, Deggendorf ! Il la haïssait même et avait l'intention de ne jamais y retourner.

Suzanne, Pierre et moi, nous sommes restés tous trois bouche bée, interloqués.

– Dieter, pourquoi vous nous dites cela ? Voyons, Deggendorf, la Bavière, c'est toute votre vie, votre enfance. Vous y êtes heureux…

– Non, Pierre, je déteste cette ville. Ce que j'y déteste par-dessus tout, ce sont ses horribles traditions. Une tradition en particulier qu'on organise depuis la nuit des temps. C'est un pèlerinage très populaire que l'on célèbre chaque année pendant plusieurs jours, à la fin septembre. Cette procession de bons chrétiens rappelle le massacre de toute la population juive de la région. Cela remonte à longtemps, à l'année 1337. Quelle faute grave les Juifs ont-ils commis en 1337, à Deggendorf, pour se faire massacrer ainsi ? Ils ont profané l'hostie du Christ. Je suis sûr que le Christ, lui, n'en a pas voulu à ces Juifs, plus incultes que réellement profanateurs. Mais les Bavarois de Deggendorf, eux, pétris de leurs certitudes, ont alors tué tous les Juifs qui vivaient à 20 km à la ronde. J'en ai la nausée.

Il suffit d'entrer dans l'église de ma ville. On y voit, sur un grand tableau, la population demander à Dieu de délivrer le pays de ces Juifs démoniaques « aux pieds de bouc ». C'est ça qu'ils ont écrit sur le tableau. Depuis six siècles, on raconte chez nous, en rigolant et en se tapant sur les cuisses, que les Juifs puent. Qu'ils puent le bouc ! Depuis six siècles, et sans que personne ne proteste le moins du monde, on charrie ainsi comme une évidence des traditions d'antisémitisme, de racisme primaire. Des clichés insupportables. Le terreau était prêt… Et vous vous étonnez ensuite que l'Allemagne d'aujourd'hui, mon pays, déporte et tue à nouveau tout ce qu'il y a de Juif sur cette terre ?

Je n'en peux plus de cette guerre, de cette boucherie…

Dieter avait les larmes aux yeux. Il avait dit sa dernière phrase la voix tremblante.

Plus personne n'osa ajouter un mot. Dieter se leva, s'excusa auprès de ses hôtes, Suzanne et Pierre, et prétexta qu'il devait se lever très tôt le lendemain matin. Mais à l'extérieur de la maison, Dieter Hoffman me prit à l'écart le long du chemin bordant la propriété Gasper.

– Hervé, on a beaucoup parlé littérature, ce soir : Shakespeare, Brecht, Virginia Woolf. Quel bonheur d'entendre Suzanne disserter sur ces auteurs. J'en oublie presque de vous dire que la guerre m'a fait déserter les pages des livres. Je ne lis plus, Hervé, je n'en ai plus le temps ni l'envie. Couchés sur papier, les mots me paraissent vains par rapport à la souffrance des gens. Mais il me reste un livre de chevet cependant, un seul, que je n'abandonnerai jamais. Ce sont *Les Souffrances du jeune Werther.* Un roman publié en 1774 par un des plus grands auteurs de mon pays, Goethe. Vous connaissez ce livre ?

– Un peu. Je crois que ça raconte l'amour impossible entre un jeune homme et une jeune femme. Il s'éprend d'elle alors qu'il la sait déjà promise à un autre.

– Oui, c'est à peu près cela. Le jeune Werther a quitté sa mère. Il tombe fou amoureux de Lotte, cette jeune femme, lorsqu'ils partent pour la première fois à un bal. Mais Lotte est déjà fiancée à Albert et aime vraiment ce dernier. Alors, le jeune Werther se désespère de cet amour impossible et décrit son désarroi à travers des lettres qu'il envoie à son ami Wilhelm.

– Dieter, si je me souviens bien, la fin de l'histoire est tragique : Werther souffre tellement qu'il n'en peut plus de vivre. Sa seule issue est de se tirer une balle dans la tête.

– Goethe n'était pas un déprimé pourtant. Son écriture était très belle, très poétique. Il nous donne également un espoir de vivre, car c'est lui qui a écrit – je le cite de mémoire – : « Le chef-d'œuvre de l'homme, c'est de durer. »

– Ne vous tracassez pas, Dieter, la guerre est sur le point d'être finie, vous allez durer vous aussi. C'est la fatigue et la lassitude qui vous ont fait tenir des propos excessifs tout à l'heure au sujet de votre ville natale. Vous rentrerez bientôt chez vous en Bavière et retrouverez votre famille.

– Non, Hervé, désolé, je ne crois pas que cela va fonctionner de cette façon… Il n'y aura pas de retour pour moi en Allemagne. Je n'y retournerai pas. Je le sais. Nous avons perdu la guerre. Nous avons perdu l'honneur, toute estime de nous-mêmes.

L'officier allemand s'arrêta alors net au bord du chemin, et me regardant droit dans les yeux, il me prit par les bras, et me confia d'un ton très bas :

– Et puis, je dois vous l'avouer, *Les Souffrances du jeune Werther*, c'est moi. C'est moi qui les endure !

– Soyez sérieux, Dieter ! Il n'y a pas de Lotte, ici, à Morelange. Il n'y a pas de Lotte fiancée à Albert et qui pourrait vous faire pleurer.

– Si, la petite Lotte que j'aime secrètement au fond du cœur, mais à qui je m'interdis de déclarer mon amour, vous la connaissez.

– Ce n'est quand même pas ?

– Si, c'est Suzanne. Je suis tombé amoureux de cette femme depuis que j'ai croisé son regard le premier jour. Depuis qu'elle a exprimé sa soif d'idéal. Je me retrouve en elle, dans ses valeurs, au-delà de cette guerre stupide. Je vous cite encore une phrase de Goethe, dans *Les Souffrances du jeune Werther* : « Quelquefois, je ne puis comprendre comment un autre peut l'aimer, ose l'aimer, quand je l'aime si uniquement, si profondément, si pleinement, quand je ne connais rien, ne sais rien, n'ai rien qu'elle ! »

– Dieter, vous me faites peur. Vous vous faites mal inutilement. Et Pierre, vous y avez pensé à Pierre ? C'est notre ami commun. Il aime sa femme.

– Je sais. Mais c'est plus fort que moi, j'aime Suzanne en secret. Pour moi tout seul. Mais j'en souffre, car je n'ai pas le droit de la conquérir ! Elle n'est pas à moi. Je l'aime ! hurla Dieter, qui pleurait de façon pathétique.

Je ne dormis pas de la nuit, tant les propos de Dieter Hoffman m'avaient troublé.

Le lendemain vers midi, la rumeur courut dans Morelange que le jeune officier allemand responsable de la *Feldgendarmerie* s'était tiré une balle dans la tempe de bon matin. Sans doute cela devait-il se terminer ainsi.

Dieter Hoffman a mis fin à ses jours, car sa souffrance lui était devenue insupportable. La simple vision de Suzanne Gasper le blessait cruellement.

En se tirant une balle dans la tête, Dieter-Werther mit un terme à ses souffrances intérieures. Il mit fin à cet amour virtuel et platonique qui était impossible avec la jeune enseignante. Mais je crois aussi qu'il fit ce geste dans un grand élan d'amour-propre, pour ne pas assister à la débâcle de son pays en train de perdre la guerre à la fin de cet été 1944.

# 12

La Libération ! Tout le monde l'attendait, comme une jeune fille de seize ans attend impatiemment, depuis des années, de pouvoir aller danser au bal pour la première fois.

Après quatre ans de souffrances et d'humiliations, l'arrivée des soldats américains, le 10 septembre 1944, fut le signal déclencheur de réjouissances débridées. On en avait trop bavé ! Maintenant, on allait enfin faire la fête. Des libations vécues comme une compensation à toutes ces années de privations.

Des centaines de personnes à Morelange sortirent de leur maison et se rassemblèrent sur les trottoirs à l'arrivée des chars et des voitures américaines. Des gamins montèrent sur des *half-tracks* pour recevoir des chewing-gums des soldats US. Une friandise inconnue jusque-là en Europe.

Brandissant des drapeaux étoilés américains, des jeunes femmes grimpaient aussi sur les chars pour y embrasser les libérateurs.

Autour du kiosque à musique de Morelange, on commença à danser et à boire du Maitrank durant l'après-midi. Le Maitrank était un apéritif à base de vin blanc et aromatisé par l'aspérule odorante, une petite fleur des bois. Il avait été précieusement conservé dans les caves depuis 1940. On le gardait pour des jours meilleurs. Pour le jour où les Allemands auraient détalé. Il était enfin arrivé.

Le kiosque était l'épicentre des festivités. Connu dans toute la région, ce curieux édifice, construit au XIX^e siècle sur un plan octogonal, avait pour base un haut socle en grès, surmonté d'une balustrade à huit colonnes de fonte. Tout en haut, il se protégeait de la pluie et du vent par un toit pyramidal en bois à huit pans, couronné d'un épi. S'il avait pu parler, le kiosque en aurait révélé des secrets ; il avait été le témoin des amours naissants, il avait vu toutes les embrassades furtives. C'est devant lui que les couples se formaient et se déformaient avant la guerre une fois par an, le jour de la kermesse.

Une vingtaine de musiciens de l'harmonie locale, la Saint-Gédéon, prirent place sur le kiosque pour y interpréter des airs de danse scottish et polonaise, vague réminiscence des victoires napoléoniennes. Cela faisait quatre ans qu'on n'avait plus entendu cette troïka que tous les habitants de Morelange se faisaient un honneur de danser en couple, le jour de la fête locale.

Je me hissai sur le kiosque, moi aussi, et me glissai parmi les musiciens. J'avais emmené mon accordéon diatonique, je l'avais ressorti du fond d'une armoire où il dormait depuis l'entrée en guerre.

Après deux ou trois danses, Suzanne Gasper vint me chercher et me proposa d'exécuter quelques pas avec elle. Je n'en avais pas trop envie, je me sentais gauche, maladroit, et j'avais le souvenir d'avoir chaque fois écrasé les orteils des cavalières qui s'étaient risquées à s'aventurer sur une piste de danse en ma compagnie.

– Hervé, laisse-toi faire. La troïka, il n'y a rien de plus simple, me dit Suzanne d'une voix très douce. Passe ton bras derrière mon dos, glisse ta main droite dans ma main droite et ta main gauche dans ma main gauche. Voilà… Et maintenant, regarde. C'est facile. Tu fais un pas vers la gauche, un autre vers la droite. Tu talonnes du pied gauche et tu pivotes d'un quart de tour vers la droite, avant de talonner du pied droit. On est partis…

Je me laissais guider. J'avais emboîté mes pas dans ceux d'une cavalière experte avec qui j'aurais pu danser toute la nuit. Des dizaines de couples nous accompagnaient dans le cercle formé autour de nous.

C'était dommage que Pierre, le compagnon de Suzanne, ne soit pas là pour participer à ces fêtes de la Libération. Un de ses confrères avocats était indisponible pour plaider dans une importante affaire pénale à Bruxelles, et Pierre avait accepté de le remplacer. Il était parti en voiture très tôt le matin et avait dit à Suzanne qu'il ne devait rentrer que tard dans la soirée. En plus, je savais que ces danses autour du kiosque de Morelange dégageaient une émotion particulière pour Suzanne. C'est là, à la fin août 1938, que Pierre Clarens, un jeune homme bien mis, avocat débutant, l'avait invitée à entrer dans la ronde de la troïka. Pierre et Suzanne avaient beaucoup sympathisé ce jour-là, puis s'étaient embrassés, câlinés, et depuis ces six ans étaient restés fidèlement dans la ronde de la vie…

Comme plusieurs autres hommes, j'avais ressorti mon sarrau bleu et Suzanne portait un chemisier blanc, un boléro noir et une longue jupe rouge, la tenue traditionnelle des Morelangeois pour danser la troïka. Nous étions en harmonie de couleurs bleu-blanc-rouge, clin d'œil à notre amie la France toute proche et à ses valeurs « liberté, égalité, fraternité », que nous admirions tant et dont nous avions été floués pendant quatre ans.

Suzanne et moi dansions de plus en plus vite, au rythme de la fanfare locale qui pressait les pas des danseurs. Aux bras de Suzanne, je gagnais de plus en plus d'assurance.

Emportée par le tourbillon de la danse, ses longs cheveux déliés au vent, Suzanne riait, riait. Comme moi, elle était soulagée que la guerre soit finie. Elle se réjouissait que tant de familles puissent retrouver leurs proches, des déportés, des prisonniers. Les choses allaient reprendre leur cours normal. Enfin, on allait pouvoir redonner cours à nos élèves sans subir les contraintes de l'occupant allemand.

Je crois que je n'avais jamais éprouvé autant de joie à danser, à chanter. Comme si on me l'avait interdit pendant toutes ces années et que maintenant, enfin, je pouvais me défouler.

Un homme monta sur le kiosque et demanda au chef de l'harmonie de jouer la chanson *Fleur de Paris*, de Maurice Chevalier, qu'on entendait depuis quelques jours sur tous les postes TSF en France. Tout le monde reprit les paroles en chœur.

« *C'est une fleur de Paris,*
*Du vieux Paris qui sourit.*
*Car c'est la fleur du retour,*
*Du retour des beaux jours.*
*Elle a gardé ses couleurs...* »

Seul souci, certaines personnes autour du kiosque avaient, semble-t-il, abusé du Maitrank, une boisson délicieuse, mais qui tape vite dans la tête quand on en consomme avec excès.

Soudain, une voix de femme se fit entendre depuis la foule.

– Celle-là, qui danse, elle ferait bien de rester sur sa chaise et de ne pas se pavaner ainsi ! Je l'ai vue avec un Boche pendant la guerre.

La femme pointait un index menaçant en direction de ma cavalière, Suzanne.

Un type que je n'avais jamais vu enchaîna quelques mètres plus loin.

– Je la connais, elle enseigne au lycée. Il faut s'en méfier. Elle n'attendait qu'une chose : que l'Allemagne gagne la guerre !

Autour de nous, la foule joyeuse, aimante, amicale, devint petit à petit haineuse, hargneuse, oppressante. Je n'ai pas compris comment une telle masse, en quelques secondes à peine, pouvait ainsi basculer d'un sentiment extrême à l'autre.

– Qu'on la tonde sur le kiosque avec les autres femmes qui ont couché avec les Allemands, c'est tout ce qu'elle mérite ! hurla un autre homme qui se permit au passage d'envoyer un crachat en direction de Suzanne.

Il y avait une escalade que personne ne pouvait maîtriser. Quatre résistants en uniformes de l'Armée secrète et du Front de l'Indépendance surgirent alors au milieu de la foule pour faire régner un semblant d'ordre. Ils s'emparèrent de Suzanne sans ménagement.

Personne ne contestait les actes d'héroïsme des quatre maquisards, mais en revanche, d'où tiraient-ils une légitimité à imposer l'ordre public et à interpeller ainsi des femmes qui s'étaient, selon la rumeur, compromises avec l'ennemi ?

Je voulus m'interposer pour protéger Suzanne. Je protestai. Mais en échange, je reçus, d'un inconnu, un violent coup de poing dans le ventre qui me fit plier en deux. Je me tordais de douleur. La fête était déjà finie. Rideau. Une nouvelle guerre commençait, la guerre des règlements de comptes.

Sous bonne escorte, Suzanne fut emmenée sur le kiosque d'où les musiciens de la fanfare avaient été priés de se retirer. Suzanne et quatre autres femmes furent placées de force sur des chaises désertées par les trompettistes et les joueurs de tuba. Dans la précipitation, des partitions étaient tombées des pupitres et reposaient à même le sol.

Une des femmes voulait se sauver. Elle hurla, en proie à une véritable crise d'hystérie :

– Je n'ai rien fait. Je n'ai rien fait !

Un des résistants lui donna une gifle qui eut le don de la calmer.

Une deuxième femme, pâle, tremblotante, ne bougeait pas, comme si elle allait tomber en syncope.

Une autre femme avait le chemisier légèrement déchiré qui laissait apparaître le haut de sa poitrine et son soutien-gorge. Frondeuse, cette femme osa lancer :

– Qui vous autorise à nous traiter ainsi ? Vous n'avez pas de pouvoir. Vous n'êtes pas la police. D'où viennent vos ordres ?

Un petit jeune de dix-sept ans, qui n'avait pas encore de poil au menton, dit que « ses ordres venaient de plus haut ». Ce à quoi un résistant plus âgé lui répliqua qu'il était un « imbécile » et n'avait « pas à répondre à une salope qui a couché avec des Allemands ».

La quatrième femme, sur le kiosque, se mit elle aussi à crier quand elle vit un des résistants sortir une tondeuse pour cheveux et commencer à lui raser le crâne.

– Tuez-moi ! Je préfère encore être fusillée que d'avoir le crâne rasé.

La cinquième femme, elle, ne bougeait pas. C'était Suzanne. Elle assistait à toute la scène comme si elle était extérieure à toute cette tragédie. Très digne, Suzanne se tenait sur sa chaise, le tronc droit. Elle ne baissait pas les yeux et regardait la foule, face à elle.

J'assistais de loin à tout cela, impuissant. En plus de recevoir ce coup violent dans le ventre, j'en avais reçu un autre à la lèvre. Celle-ci était fendue et saignait abondamment. Je me trouvais lâche de ne pouvoir intervenir, mais que pouvais-je faire, seul, face à cette foule hostile et ces résistants en armes ?

Et Suzanne, pourquoi ne réagissait-elle pas ? Elle avait une arme de choix, ses paroles. Elle aurait sans doute pu utiliser ses mots pour déstabiliser ses contradicteurs. Mais non, Suzanne Gasper, face à une telle furie, avait apparemment décidé de ne pas combattre.

On lui tondit le haut du crâne, puis la nuque, les tempes. Les longs cheveux de la jeune femme tombaient les uns après les autres et commençaient à former un petit tas, devant sa chaise. Ses jolies boucles dont elle était si fière !

« *C'est une fleur de Paris, du vieux Paris qui sourit. Car c'est la fleur du retour. Du retour des beaux jours...* »

Soudain, Suzanne se retourna, pour croiser le regard de son « coiffeur » qui n'avait pas osé l'affronter de face. Elle découvrit que sous son béret de maquisard, une jeune fille aux cheveux courts comme ceux d'un garçon tenait la tondeuse. C'était Nora. Son élève, la fille du docteur Arnaud ! Nora qui avait claqué la porte de sa classe quelques semaines plus tôt et était entrée dans la Résistance.

– Toi aussi, Nora ? fit seulement Suzanne, d'un ton las.

Nora garda le silence.

Serrant les dents, l'adolescente poursuivit sa besogne jusqu'au bout, ne laissant plus aucune mèche sur le crâne dégarni de son professeur. Nora Arnaud évita cependant à Suzanne Gasper la sanction suprême, qui consistait à dessiner une croix gammée sur la femme tondue. Une femme – celle qui hurlait qu'elle n'avait rien fait – se retrouva ainsi affublée d'une croix nazie que Nora et un autre résistant lui imprimèrent au goudron à même la poitrine. On força encore cette femme à lever le bras et à scander « Heil Hitler ! » en saluant la foule. Triste pantomime.

À Morelange, comme dans d'autres contrées dévastées par la guerre, les femmes tondues à la Libération étaient devenues les boucs émissaires de toutes les frustrations accumulées par la population. Elles devaient surtout payer pour toutes les exactions commises par les Allemands et les sbires de Degrelle au cours des dernières semaines.

« *Comprenne qui voudra*
*Moi mon remords ce fut*
*La malheureuse qui resta*
*Sur le pavé*
*La victime raisonnable*
*À la robe déchirée.* »

(Paul Eluard)

Le tribunal populaire avait tranché. Comme un couperet. Sans nuance. Sans appel. Sans la moindre possibilité de se défendre. Suzanne Gasper était reconnue coupable, comme toutes les autres.

Gonflée de voyeurisme et d'un machisme latent, la brave population de Morelange, comme beaucoup d'autres en Belgique et en France, avait assisté, passive, à la conduite de ces femmes sur le bûcher, comme lors des procès en sorcellerie au Moyen Âge. En rasant les cheveux de ces femmes, les hommes rappelaient qu'ils étaient les seuls détenteurs de l'autorité. L'adolescente Nora aussi, qui jouait à être un homme.

Par ce châtiment sexué, les hommes rétablissaient un ordre viril. Ils avaient mis en scène un spectacle expiatoire où la femme moderne, émancipée, comme Suzanne Gasper, était ramenée à un rang inférieur après avoir perdu toute sa féminité.

Ayant perdu sa chevelure, Suzanne était violée de partout : dans sa tête, dans son corps, dans son âme. Jetée en pâture dans la foule, elle avait tout perdu, sauf sa dignité.

La nuit vint à tomber. La foule se dispersa autour du kiosque.

Je ramenai tant bien que mal Suzanne chez elle. J'évitai au docteur Gasper de découvrir sa fille dans ce triste état. Le vieux médecin n'aurait pas survécu à un spectacle si désolant.

J'étais dégoûté de tout. Dégoûté de la vie. Dégoûté de tous ces gens. Des veules. Des voyeurs. La Libération ? Je n'avais plus rien envie de fêter. La plupart de ces femmes avaient été tondues pour une prétendue « collaboration horizontale » avec l'ennemi. Qu'est-ce que cela voulait dire ? Je savais que Suzanne Gasper n'avait rien à voir avec tout cela. Je savais bien qu'elle n'avait jamais couché avec Dieter Hoffman, l'officier allemand. Tout au plus Suzanne avait eu l'outrecuidance d'être une femme libre, indépendante, de garder son point de vue personnel et original sur l'évolution de la guerre, sur sa perception de l'Allemagne, de l'Angleterre, de la France. Peu l'avaient comprise ou beaucoup n'avaient pas voulu la comprendre.

Revenue dans sa maison, Suzanne ne parlait toujours pas. Elle était cassée de partout, se déplaçant comme un pantin désarticulé.

Rassemblant le peu des dernières forces qui restaient en moi, je fis asseoir Suzanne sur un tabouret dans la salle de bains. Je lui frictionnai le visage avec de l'eau de Cologne que je trouvai dans une armoire. Je ne sais pas vraiment pourquoi j'ai fait ça. Sans doute pour donner à mon amie une bonne odeur, pour lui redonner une petite envie de vivre.

Après, je cherchai une autre tenue dans sa garde-robe, car dans sa rage folle, le « tribunal populaire » avait aussi déchiré une partie du chemisier blanc de Suzanne. Puis je redescendis dans la cuisine, je cassai deux œufs dans une poêle et en fis une omelette que je mélangeai avec un peu de lard, mais mon amie préféra ne pas manger. Elle me fit comprendre qu'elle n'avait pas faim, tournant sa tête de gauche à droite. Les seuls mots qu'elle prononça alors furent : « Merci, Hervé, pour tout ce que tu fais pour moi. Maintenant, tu peux retourner chez toi si tu veux. Merci… Pierre va rentrer d'une minute à l'autre. »

Pierre ? Que faisait-il celui-là ? On attendait le compagnon de Suzanne depuis des heures. Bon sang, il n'y avait pas de pires circonstances où un homme aurait dû être aux côtés de sa femme, perdue, battue, abandonnée.

J'attendis encore quelques minutes puis, au moment précis où je m'apprêtais à quitter la maison des Gasper, j'aperçus les phares de la Citroën de Pierre dans l'allée de la propriété. Je courus vers Pierre et lui résumai en quelques secondes cette horrible journée du 10 septembre 1944. La Libération avait tourné au drame.

– Va vite près de Suzanne, elle a besoin de toi !

Je partis. Pierre grimpa quatre à quatre les marches de l'escalier de l'entrée. Il cria à tue-tête : « Suzanne, Suzanne ! Où es-tu ? » Aucune réponse ne vint. Il parcourut toutes les pièces, la cuisine, la salle à manger, la chambre à coucher. Et il finit par tomber sur Suzanne, assise sur le sol carrelé de la salle de bains. La jeune femme sanglotait doucement, presque en retenue, la tête baissée.

– Oh, ma chérie. Non ! Qu'est-ce qu'ils t'ont fait ? Les salauds, qu'est-ce qu'ils t'ont fait ? répéta Pierre, caressant tendrement de la main le visage de la jeune femme.

# 13

Le lendemain matin, très tôt, Pierre Clarens se leva avec une forte migraine. Veillant sur sa compagne, l'avocat n'avait quasiment pas fermé l'œil de la nuit. Pendant des heures, il avait ressassé la même idée : il fallait réparer au plus vite l'honneur souillé de Suzanne. Et en même temps, Pierre était convaincu que c'était aussi son propre nom, celui de M^e^ Clarens, qui avait été entaché.

Dès 8 h, Pierre se rendit à la gendarmerie de Morelange pour déposer plainte contre tous ceux qui avaient arrêté arbitrairement Suzanne et l'avaient soumise à la vindicte populaire. Pierre connaissait bien les gendarmes locaux avec qui il avait traité plusieurs dossiers pour ses clients. Il était sûr qu'on lui prêterait une oreille attentive.

– M^e^ Clarens, je vais sans doute vous décevoir, mais je ne peux enregistrer une telle plainte, fit l'adjudant Sanichal, le sous-officier de gendarmerie qui était le plus gradé à Morelange. Contre qui voudriez-vous adresser votre plainte ? Contre la foule entière qui était là hier après-midi autour du kiosque ?

– Bien sûr que non, pas contre toute cette foule, mais contre les meneurs qui se sont saisis de Suzanne puis l'ont tondue !

– Ce n'est pas possible. Soyez réaliste, Maître. Ceux qui ont interpellé votre femme étaient beaucoup trop nombreux. Il y avait plusieurs résistants parmi eux. Mais pas seulement. Je vous l'accorde, hier, il y a eu des débordements navrants et votre femme a sûrement été prise sans nuances au milieu du lot. Mais dans ces moments forts de la Libération, vous ne croyez pas que de tels incidents surviennent toujours ? Vous savez, Me Clarens, ne dit-on pas qu'on ne fait pas d'omelette sans casser des œufs ?

– Votre comparaison est triviale.

– Allez, dans quelques mois, tout cela ne sera plus qu'un mauvais souvenir. Les cheveux de Mademoiselle Gasper auront repoussé et vous désirerez alors à nouveau votre femme autant qu'auparavant, dit l'adjudant Sanichal d'un rire gras.

Pierre Clarens préféra ne pas répondre et partit sans saluer le gendarme. Si l'avocat ne s'était pas contenu, il aurait giflé le sous-officier ou l'aurait au moins poursuivi devant les tribunaux pour propos infamants. Mais bon, Sanichal était sans doute plus bête que méchant…

Au palais de justice de Morelange, le juge d'instruction Henri Mathuron était une autre bonne connaissance de Pierre. Tout comme le gendarme quelques minutes plus tôt, le magistrat refusa lui aussi le dépôt de plainte contre X au sujet de Suzanne Gasper.

– Cher Maître, je compatis sincèrement à votre douleur et à celle de Mademoiselle Gasper. Mais comprenez-moi, il est impossible d'ouvrir une instruction contre ces résistants du Front de l'Indépendance et de l'Armée secrète qui s'en seraient pris à votre femme. Vous me voyez les faire comparaître chacun dans mon bureau ? Pour les inculper de quoi ? D'avoir tondu par erreur la mauvaise personne ! Ce n'est pas un chef d'inculpation repris dans notre code pénal, ça.

– Monsieur le juge, vous avez beaucoup de pouvoir. Si vous vouliez…

– Non, Me Clarens, je ne peux vraiment rien pour vous. Tout le pays est derrière ces résistants. Certains voudraient même les faire entrer dans le nouveau gouvernement qui va être constitué. Inculper ces résistants serait pour moi un acte suicidaire. Je me mettrais à dos toute la population. On n'a pas besoin en plus d'une guerre civile alors qu'on sort à l'instant de la guerre contre les Boches !

– Qu'est-ce qui me reste à faire, alors ?

– Prenez du recul, cher Maître. Je sais, ce n'est pas facile. Laissez passer un peu de temps et, je l'espère pour vous, tout redeviendra petit à petit comme avant, pour vous et votre compagne.

Le juge d'instruction Mathuron alluma alors sa pipe et en dégagea une bonne bouffée qui fit toussoter Pierre.

– Ne partez pas tout de suite, dit encore le magistrat au moment où Pierre s'était levé de sa chaise pour prendre congé. Me Clarens, faites attention, votre femme n'est pas la seule concernée…

– Que voulez-vous dire, Monsieur le juge ?

– Je ne devrais pas être aussi franc avec vous. J'ai appris que l'auditeur militaire, mon collègue Palmier, s'apprêtait à arrêter toute une série de personnes ayant été proches de l'occupant allemand pendant la guerre.

– Et en quoi cela me concerne-t-il ?

– Vous savez mieux que moi qu'à Morelange, beaucoup de gens ont adhéré à ce mouvement culturel pro-allemand, le Spruchverein.

– Le *Sprachverein*…

– Vous voyez bien que vous le connaissez ! Vous en avez été membre actif, d'après ce qu'on m'a dit.

– Membre actif ! C'est un grand mot. Tout au plus, j'ai participé à quelques-unes de leurs réunions pendant quelques mois. Mais je n'ai jamais été membre de leur comité.

– À la bonne heure ! Vous m'avez presque convaincu. Mais il vous faudra sans doute trouver d'autres arguments pour convaincre l'auditeur militaire. Je connais bien Palmier, c'est un dur à cuire. En plus, il ne se laisse pas facilement séduire par les beaux effets de manche d'un avocat, ajouta le juge Mathuron, continuant à dégager des volutes de fumée avec sa pipe.

– Merci de ces conseils, Monsieur le juge. À vous entendre, il ne me reste déjà plus qu'à préparer ma propre défense. Et dire que c'est moi qui venais ici chez vous pour me constituer partie civile en mon nom et en celui de ma compagne, Suzanne.

Le moral avait abandonné Pierre. Il se sentait vraiment désabusé par ce double refus des autorités judiciaires et policières de prendre sa plainte en considération. Lui d'habitude si vaillant à défendre toutes les causes, même les plus désespérées, n'arrivait pas à concevoir que c'était son propre dossier qu'il devrait bientôt assurer.

Pierre Clarens passa le reste de la journée enfermé dans son bureau, enfoui dans ses pensées, classant des dossiers, envoyant des derniers rappels d'honoraires. Dehors, dans la rue, il entendait des groupes de fêtards qui continuaient à déployer le drapeau américain et à boire un coup de rouge à la santé de nos libérateurs. L'Occupation avait duré plus de quatre ans, les libations de la Libération pouvaient bien déborder au-delà de quarante-huit heures.

Mais la fête et ses klaxons sonores résonnaient dans la tête de l'avocat. Ils lui tapaient dans les tempes. M^e^ Clarens entrevoyait son avenir professionnel sous de bien sombres couleurs.

Les heures passèrent ainsi, jusqu'en fin d'après-midi. Pierre n'était pas pressé de rentrer chez lui auprès de Suzanne. Pour lui annoncer quoi ? Pour la démoraliser encore davantage ? Pour lui dire officiellement que personne, à Morelange, ne prendrait le risque de punir les salopards qui l'avaient tondue. Pour lui répéter qu'elle avait déjà été condamnée définitivement pour compromission avec l'ennemi. Suzanne aurait beau lutter, protester. Elle n'aurait droit à aucune réparation.

Vers 17 h 20, on frappa de trois coups très forts à la porte d'entrée de l'avocat Clarens. C'était deux résistants, en armes.

– Me Clarens, vous devez nous accompagner. Nous devons vous présenter à l'auditeur militaire, Monsieur Palmier.

– Mais c'est complètement illégal ! répliqua l'avocat. Vous n'avez aucun mandat d'amener. Vous n'êtes en rien représentants de l'ordre public.

– Me Clarens, ne jouez pas au plus malin avec nous. Ne faites pas de juridisme. On vous emmène, un point c'est tout. Vous vous expliquerez devant la Justice !

– Attendez, je voudrais quand même pouvoir prévenir ma femme, qu'elle ne s'inquiète pas en ne me voyant pas rentrer ce soir. Hier déjà, elle a vécu des moments terribles.

– Oui, nous savons pour votre femme. Mais désolé, on doit partir maintenant. On a déjà trop tardé.

Pendant tout le trajet jusqu'au palais de justice, Pierre Clarens resta très « classe » comme à son habitude, gardant sur son dos son pardessus gris et sur la tête son chapeau brun. Mais au fond de lui, Pierre avait dans le cœur un volcan prêt à entrer en éruption…

L'accueil de l'auditeur militaire Palmier fut glacial. Robert Palmier était un petit gars sec, nerveux. Les cheveux coupés en brosse, il avait une fine moustache à la Errol Flynn et l'œil tel celui d'un faucon, toujours en mouvement de gauche à droite. L'auditeur Palmier parlait vite et semblait avoir déjà sa conviction en tête, même si on faisait tous les efforts du monde pour lui démontrer le contraire.

Pour l'impressionner sur le plan juridique, Palmier déclina d'abord à Pierre le cadre judiciaire qui l'autorisait à ouvrir une information contre quelqu'un soupçonné d'avoir participé à des faits inciviques et antipatriotiques. Entre juristes, mieux valait ne pas trop improviser sur ce coup-là.

– M^e^ Clarens, j'interviens ici dans le cadre de l'Auditorat permanent de Morelange qui vient d'être créé par un arrêté-loi. Le parquet militaire, auquel je suis attaché, est chargé de faire des enquêtes et de déférer à la justice ordinaire toute personne ayant collaboré avec l'ennemi et ayant été en intelligence avec celui-ci.

– Ah, on peut dire que vous ne traînez pas en besogne, vous ! lâcha Pierre, excédé. La guerre finie et les lampions de la Libération à peine éteints, vous traînez déjà en place publique d'innocentes personnes et les immolez sur des bûchers.

– Comme vous y allez, Maître ! Vous nous avez habitués par le passé à plus de pondération. On sent chez vous la bête traquée, blessée. Et comme vous êtes blessé, vous mordez !

– Oui, Monsieur l'auditeur, et je pourrais vous montrer à quel point ces morsures peuvent rester ancrées dans la chair de celui qui m'attaque.

L'avocat fit mine de se lever.

– Oh, des menaces à présent ! Restez assis ! dit le magistrat au jeune avocat, demandant à un gendarme d'empêcher le suspect de quitter la pièce.

Depuis le départ précipité des Allemands quelques heures plus tôt, les plaintes et dénonciations ne cessaient d'affluer sur le bureau de l'auditeur militaire. Il y avait de tout dans ces courriers : des basses vengeances sordides, des délations mesquines, des ragots de voisins et voisines, mais aussi, plus rarement, des renseignements très précis, complets, qui rapportaient de véritables faits de collaboration.

– Ce qui vous concerne, Me Clarens, fait partie de cette dernière catégorie, affirma l'auditeur Palmier, d'un air très satisfait.

Palmier se lança alors dans une longue explication. Il dit tout d'abord à Pierre que son adhésion au mouvement culturel *Sprachverein*, pendant la guerre, constituait déjà un délit en soi. Sous le paravent de rapprochement entre les cultures, le *Sprachverein* était en réalité une institution mise en place par l'occupant pour favoriser le rattachement de la région de Morelange au *Reich* allemand.

– Tout le monde savait cela ! fit Palmier. Vous ne pouviez l'ignorer. En plus, votre statut d'avocat vous imposait de vous montrer plus prudent.

– Monsieur l'auditeur, vous devez m'écouter. Pendant la guerre, je n'ai pas eu d'autre choix que de m'inscrire au *Sprachverein*.

– Foutaises ! Dans la vie, on a toujours le choix…

– Mais non. En 1942, après le retrait du bâtonnier Michaux en raison de son âge avancé, je me suis retrouvé le seul avocat à continuer à assurer la défense des prévenus devant le *Kriegsgericht*, le tribunal de guerre allemand.

J'y ai obtenu quelques beaux résultats, vous ne pouvez le contester. J'ai pu éviter la peine suprême à huit ou neuf de nos compatriotes, j'ai obtenu de nombreuses remises de peine, j'ai fait libérer certains de mes clients pris comme otages, j'ai permis d'éviter à d'autres le travail obligatoire en Allemagne imposé par la *Werbestelle*, j'ai…

– Stop ! le coupa sèchement Palmier. J'ai fait ci, j'ai fait ça, j'ai obtenu ceci, j'ai obtenu cela. Vous commencez à me saouler, Clarens ! Arrêtez de vous gargariser avec la liste de vos succès d'avocat devant le conseil de guerre allemand. Je m'en fous royalement. Ce que je vous demande, c'est pourquoi vous vous êtes inscrit au *Sprachverein* ? Simple question, qui demande une simple réponse.

– Eh bien justement, c'est beaucoup plus compliqué que vous ne le pensez. À un moment donné, un greffier travaillant au *Kriegsgericht* m'a fait comprendre que n'étant pas germanophone de souche, je ne pourrais plus plaider devant le conseil de guerre allemand. On allait désigner à ma place un confrère avocat du grand-duché de Luxembourg qui allait plaider exclusivement en langue allemande. Mettez-vous à ma place. Je ne pouvais accepter cela. Je ne pouvais pas, en mon âme et conscience, abandonner mes compatriotes à pareil sort. Ce genre de défense, en allemand, ne leur donnait aucune garantie. C'est pour cela essentiellement que j'ai décidé d'adhérer au *Sprachverein*. Pour avoir l'« oreille » des juges allemands. Vous devez me comprendre !

– M^e^ Clarens, ne me prenez pas pour un imbécile ou un doux naïf. Imaginons que j'accepte votre version.

D'accord pour le contexte de votre adhésion au *Sprachverein*. Mais alors dites-moi pourquoi, fin 1943, et encore tout au long de cette année 1944, vous n'avez jamais voulu vous retirer de ce mouvement pro-allemand, alors que tout le monde en avait découvert les objectifs cachés, qui étaient l'annexion au *Reich* ?

– Je n'ai plus assisté à leurs réunions. La seule erreur que j'ai peut-être commise, c'est de ne pas avoir supprimé mon inscription. Je n'ai jamais été membre de leur comité. J'ai été simple spectateur pendant trois ou quatre de leurs assemblées. Je vous le répète, c'était uniquement dans le but de me ménager un contact avec les magistrats allemands du *Kriegsgericht*. Je n'y ai jamais vu malice : je m'étais procuré les statuts du *Sprachverein*, on y parlait de maintenir le parler régional, le patois germanophone à Morelange, et de favoriser le rapprochement des cultures françaises et allemandes via des représentations théâtrales et musicales. Cela ne m'a pas semblé délictueux. Jamais on n'a évoqué des buts politiques non avoués.

– M^e^ Clarens ! Votre candeur est feinte, ou alors pire, elle m'effraye !

L'auditeur militaire énuméra alors à l'avocat tous les outils de propagande nazie mis en place progressivement par l'occupant à Morelange, par le biais du *Sprachverein* : un journal en langue allemande, le *Morelanger Volkszeitung*, qui tirait à 2 000 exemplaires et donnait quelques informations relatives aux faits divers et à la rubrique « état civil » ; un mouvement de jeunes de 150 membres environ, le *Morelanger Volksjugend*, dont les membres firent un séjour en 1943 dans un camp de vacances en Bavière pour y recevoir une formation de *Hitlerjugend* ; dans le domaine de l'enseignement, un institut appelé *Deutsche Akademie* qui avait été créé dès 1941 à Morelange.

– Mais je suis étranger à tous ces mouvements ! s'écria Pierre Clarens.

L'auditeur Palmier n'avait cure de ces protestations. Il poursuivit sans s'interrompre sa lecture des infractions pénales liées au fonctionnement du *Sprachverein*. Il termina sa litanie par la question des libérations anticipées et des timbres de ravitaillement.

Pendant la guerre, pourvu qu'elles possèdent au moins une branche parlant le patois germanophone, les familles de Morelange pouvaient réclamer la libération anticipée de leur mari, leur frère ou leur fils prisonnier en Allemagne. Des centaines de familles de la région avaient sollicité cette faveur, qui leur était accordée à la seule condition d'adhérer préalablement au *Sprachverein*.

– Cela ne me concerne pas. Je n'ai eu aucun membre de ma famille à faire libérer anticipativement, réagit Pierre Clarens.

– Laissons tomber cela. Mais vous ne perdez rien pour attendre, rebondit l'auditeur Palmier. Votre adhésion au *Sprachverein* était tout sauf désintéressée. La distribution de timbres supplémentaires de ravitaillement a fait monter le nombre des affiliés à Morelange. De 500, ils ont brusquement grimpé à 1 000 ! Vous-même,

Me Clarens, êtes venu au *Sprachverein* pour toucher ces timbres complémentaires.

– Je n'en ai pris que deux ou trois fois, et encore… on les a redistribués avec ma femme à des familles dans le besoin.

– Prouvez-le.

– Je ne sais plus, moi, c'est Suzanne, ma compagne, qui connaissait ces gens et leur a apporté les timbres.

– On verra plus tard. En attendant, Me Clarens, il se fait tard. Il est près de 20 h et vous et moi sommes très fatigués. J'en sais suffisamment au stade de mon enquête. Celle-ci est quasiment terminée. Vous restez privé de liberté cette nuit, et dès demain matin, vous passerez chez le juge d'instruction Mathuron qui prononcera contre vous les chefs d'inculpation.

– Mais Monsieur l'auditeur, c'est une parodie de justice ! Je viens de vous démontrer mon innocence ! protesta Pierre Clarens.

– Cela suffit. J'en ai assez entendu. Assez en tout cas pour forger ma conviction. Gendarmes, emmenez Monsieur Clarens avec vous dans une cellule de la gendarmerie ! Il y passera la nuit. N'oubliez pas de lui donner tout de même du pain et un peu d'eau, cela le changera du régime alimentaire plus copieux dont il a bénéficié grâce à ses amis allemands pendant la guerre.

– Palmier, vous êtes odieux ! eut encore la force de réagir Pierre.

# 14

Le soir même, vers 21 h, Jacques Merleau vint me prévenir que je devais me rendre au plus vite chez les Gasper, à l'autre bout de la ville.

– Allez-y, Monsieur Jaminet. Je ne sais pas pourquoi vous devez courir là-bas, mais je sais que vous devez absolument y aller ! se contenta de me dire Merleau.

J'avais confiance en Jacques Merleau. Cet agriculteur habitait la ferme juste à côté de chez moi. Pendant la guerre, il avait toujours essayé de rendre service aux gens, surtout ceux qui étaient le plus dans la misère. Il avait redistribué clandestinement du jambon et du saindoux à une série de familles avec plusieurs enfants.

Suzanne Gasper était tout affolée quand je suis arrivé chez elle à vélo. Il était près de 21 h 30.

– Hervé, je suis contente que tu sois là. Je suis très inquiète. Il est tard et Pierre n'est toujours pas rentré de son bureau. Ce n'est pas dans ses habitudes. Je le connais. Normalement, il m'aurait prévenue d'un retard si important. Je suis sûre qu'il lui est arrivé quelque chose de grave, j'en suis certaine… Elle se mit à sangloter doucement, se prenant la tête entre les mains.

Je me sentais désemparé.

– Pierre va rentrer, il va rentrer, ai-je alors bêtement répété, en adepte de la bonne vieille méthode Coué. Je vais attendre avec toi.

– Hervé, depuis hier, j'ai l'impression que le temps s'est arrêté pour nous, reprit Suzanne. J'ai encore le goût du sang dans ma bouche. Je sens encore leurs crachats sur mon visage.

– Tu es courageuse d'en parler. Tu sais, hier, au kiosque, j'ai été lamentable. Lâche. J'aurais voulu te défendre. J'aurais voulu dire à toute cette foule quelle femme exceptionnelle tu es. Mais je n'ai pas pu intervenir. Je m'en veux.

J'avais de petites larmes au fond des yeux, prêtes à perler.

– Ne t'en fais pas, Hervé, tu n'as aucun reproche à te faire. Tu ne pouvais pas lutter contre tous. Ce matin, en me levant, je me sentais mal, très mal. J'avais peur de sortir de ma maison, de croiser à nouveau le regard des gens. Et puis, durant toute cette journée, j'ai réfléchi. Beaucoup. Et tu me prendras peut-être pour une folle, Hervé, mais je n'arrive pas à leur en vouloir.

– Quoi ? Tu n'arrives pas à leur en vouloir ? Tu ne vas quand même pas leur pardonner, maintenant, pour tout ce qu'ils t'ont fait ? C'était parfaitement ignominieux ! Les gens ont fait un amalgame total dans la furie générale. Tu es une victime. Prise dans le tas. Tu n'as jamais été collaboratrice des Boches ! On va dénoncer cette infamie.

– Non, laisse faire, reprit Suzanne. Déjà, ce matin, je ne suis pas parvenue à dissuader Pierre de porter plainte auprès de la police et du juge d'instruction. Pierre est un avocat, et en bon procédurier, il ne laissera rien passer.

Mais dis-moi, Hervé, toutes ces plaintes, elles serviraient à quoi ? À nous entretuer tous ! Les Allemands auraient alors définitivement gagné la bataille. Ce n'est pas cela que je veux. À quoi bon se mettre en porte-à-faux avec les gars de la Résistance ? Ce serait l'histoire du pot de terre contre le pot de fer. Tu sais, Hervé, dans tous les moments d'extrême tension que sont les phases de révolution, de libération, il y a chaque fois des excès, des bavures. C'est inévitable. Il y a quelques années, pendant la guerre d'Espagne, le général Franco a fait raser beaucoup de femmes espagnoles. Pas parce qu'elles avaient couché avec des combattants pour la République, mais tout simplement parce que ces femmes avaient osé quitter leur foyer.

Tout compte fait, je me sens fière, moi, d'avoir la tête tondue comme une républicaine espagnole ! On m'a fait là beaucoup d'honneur.

Suzanne souriait. Sacrée bonne femme ! Elle démontrait une fois de plus qu'elle avait un fameux tempérament et de l'orgueil à revendre.

– Comment parviens-tu à rebondir après la saloperie qu'ils t'ont infligée hier ? demandai-je. Je t'admire. J'admire ton courage.

– Allez Hervé, je crois que tu as une chose à faire bien plus urgente que de vanter mes qualités. Va retrouver au plus vite Pierre, mon compagnon, ton ami. Ramène-le ici, à la maison, dès que tu peux.

– Oui, je vais tout de suite jusqu'à son bureau, au palais de justice aussi. Je reviens avec Pierre.

Mais parvenu dans le centre de Morelange, je me rendis compte qu'il était bien trop tard pour que j'obtienne des informations sur mon ami. Son bureau était fermé à clef. Personne ne pouvait me dire où Pierre Clarens avait disparu. Quant au palais de justice, il n'y avait plus âme qui vive à cette heure-là. En plus, j'étais très mal à l'aise d'errer ainsi dans les rues de la ville. Je croisais peu de monde à cette heure avancée de la nuit, mais j'avais la nette impression que les rares personnes que je rencontrais me lançaient toutes un regard désagréable. Comment dire ? Un regard narquois, oui, narquois et moqueur, c'est ça le mot. Comme si tout Morelange savait que j'étais l'ami attitré et fidèle des pestiférés, l'avocat Clarens et sa compagne, l'enseignante Suzanne Gasper.

Bien au-delà de minuit, je décidai de rentrer chez moi et de dormir quelques heures. Tôt le lendemain matin, je retournerais chez les gendarmes ou les magistrats pour retrouver la trace de Pierre.

Dès 9 h du matin, le passage de Pierre Clarens dans le bureau du juge d'instruction Mathuron ne dura guère plus de trois minutes. Très embarrassé d'inculper un jeune avocat dont il avait apprécié le travail avant la guerre, Henri Mathuron n'osa pas allumer sa pipe, cette fois, et envoyer des volutes de fumée vers le visage du suspect.

Pierre Clarens fut placé sous mandat d'arrêt. Le juge, sans relever la tête de ses registres, lui dit à voix basse qu'il l'inculpait pour « crime de trahison et intelligence avec l'ennemi ». Pierre fut aussitôt écroué à la prison de Morelange.

Très vite, l'annonce de l'arrestation de Pierre fit le tour du centre-ville. Dès 9 h 30, la rumeur me parvint via la concierge du palais de justice et un policier qui faisait le guet devant le bâtiment. Sans doute seule Suzanne, à l'autre bout de la ville, n'était pas encore au courant. Je n'étais pas pressé de lui faire part de la triste nouvelle qui allait la déstabiliser encore un peu plus. Je repris mon vélo et pédalai, très lentement, plein d'amertume, jusqu'à la maison des Gasper.

Suzanne ne baissa pas le dos en apprenant l'arrestation de Pierre. Au contraire, elle trouva dans cette terrible déconvenue des raisons de se redresser. La jeune femme semblait résignée quant à son propre sort. En revanche, elle retrouvait une énergie insoupçonnée pour tout ce qui concernait son compagnon.

– C'est de la folie, Hervé ! Ils ne peuvent arrêter Pierre de cette façon. Dis-leur à tous que jamais Pierre n'a conspiré avec l'ennemi. Il n'aurait jamais été aussi imprudent. Il tenait trop à la poursuite de sa carrière après la guerre. Dis-leur aussi que Pierre a même pris beaucoup de risques pour éviter des années de prison à des dizaines de résistants qui devaient comparaître devant le tribunal allemand. On va se battre pour faire libérer Pierre au plus vite. Hervé, hein qu'on va se battre ?

– Oui, Suzanne, on va se battre, on va se battre... ai-je alors répété presque comme un automate, avec peu de conviction dans la voix.

# 15

Le lendemain, Suzanne me devança dans les démarches pour faire libérer Pierre.

Alors que j'étais encore en train de réfléchir à la meilleure stratégie – valait-il mieux solliciter en priorité l'auditeur Palmier, le juge d'instruction Mathuron ou l'adjudant Sanichal de la gendarmerie locale ? –, Suzanne passa à l'action dès les premières heures du jour. Elle se rendit à l'hôtel de ville, là où la Résistance avait établi ses bureaux et son quartier général.

Bien sûr, j'avais voulu l'accompagner, c'était ma place et mon devoir, mais Suzanne préféra y aller seule. Elle tenait personnellement à régler le sort de Pierre, me confia-t-elle. Quand Suzanne insistait comme cela, il ne servait à rien que je m'oppose à sa volonté.

Sacrément gonflée, Suzanne Gasper ! Et orgueilleuse avec ça ! Voilà une jeune femme qui venait d'être brûlée pour sorcellerie par des maquisards. Trois jours plus tard à peine, la même victime avait le culot de venir implorer la clémence de ses bourreaux pour son propre compagnon !

Il paraît que l'arrivée de Suzanne à l'hôtel de ville fit sensation. Deux heures après, tout Morelange était au courant que « la tondue » était venue défier l'Armée blanche.

– Puis-je savoir qui est votre chef ? demanda d'abord Suzanne d'un ton professoral aux quelques résistants présents dans les bureaux.

– C'est moi, Madame. Vous avez besoin de nos services ? fit le lieutenant Copus, le sourire en coin. Copus était un homme d'une quarantaine d'années. Il portait une mitraillette en bandoulière et avait le béret bien enfoncé à la diagonale à hauteur du sourcil gauche.

– Monsieur, enchaîna Suzanne, vous vous en doutez, il m'en coûte beaucoup de venir vous trouver ici. Vous êtes en train de commettre une grave injustice. Je ne parle pas pour moi, ça n'a pas d'importance. Je parle pour mon compagnon, Pierre Clarens, que vous avez arrêté hier.

– On ne peut plus rien faire pour lui, Madame. Il est entre les mains de la Justice.

– Vous vous trompez, vous pouvez faire quelque chose. Vous pouvez intercéder tout de suite auprès des magistrats.

– Vous plaisantez ?

– J'en ai l'air ? Je vous demande une chose s'il vous plaît : dites au juge que vous avez commis une grosse erreur. Vous allez enfermer un innocent. Pierre est la bonté même. Demandez-le à n'importe qui à Morelange. Il est incapable d'une mauvaise action, d'un coup tordu. S'il est intervenu comme avocat devant le conseil de guerre allemand, c'est parce que sa conscience le lui imposait. On en a parlé longuement, lui et moi. S'il a dû s'inscrire au *Sprachverein*, c'est parce qu'il n'avait pas d'autre choix pour défendre plus facilement les prévenus.

– Vous avez terminé la plaidoirie ? la coupa sèchement Copus, le chef des résistants.

– Je vous en supplie, Monsieur. Faites quelque chose pour Pierre. Il le mérite !

– Je verrai ce que je peux faire… À vrai dire, je ne peux rien.

Copus jouait avec une arme dont il nettoyait le barillet. Il regarda froidement Suzanne dans les yeux.

– Je ne sais pas si vous vous êtes déjà regardée dans un miroir, Madame Gasper. Tondue comme vous l'êtes, vous ne représentez plus grand-chose à mes yeux. Et aux yeux de tous mes camarades qui ont trimé pendant toute cette saloperie de guerre. Vous n'êtes plus rien, Madame Gasper. Une traînée. C'est ça que vous êtes devenue. Une opportuniste qui a passé un pacte avec le diable allemand !

Le chef des résistants jouissait de voir Suzanne, venue en victime sacrificatoire.

– Et en plus, vous avez le toupet de demander la libération de votre compagnon, cet avocat qui a sali sa belle robe noire, ce pro-nazi qui n'a eu aucun scrupule à profiter du régime ! Vous entendez les gars, elle doute de rien, la p'tite dame ! Copus haussait le ton de sa voix dans tout le local de l'hôtel de ville, de façon à ridiculiser un peu plus encore Suzanne. D'autres résistants présents dans la salle ricanaient bruyamment.

Mais Suzanne n'était pas encore résignée.

– Tout ce que vous insinuez est faux. Archifaux ! protesta la jeune femme. On raconte n'importe quoi sur moi et sur Pierre. Si vous prenez un peu la peine de vous renseigner, vous découvririez facilement que nous n'avons profité de rien du tout. On a eu droit à quelques tickets de rationnement du *Sprachverein*, oui, mais la plupart de ces tickets, on les a redistribués à des familles dans le besoin. Je n'aime pas le mettre en exergue, mais vous m'obligez à le faire.

– Madame Gasper, stop ! Les beaux discours, c'est fini. Vous parlez bien, vous plaidez presque aussi bien que votre ami, l'avocat, mais vous commencez sérieusement à m'ennuyer. Il y a un détail fondamental que vous avez oublié, c'est que vous n'avez plus les juges allemands à votre botte. Vous n'avez plus votre cour. Maintenant, les vrais acteurs ont repris leur rôle. C'est vous, les avocats et les profs véreux, qui allez vous retrouver dans le box des accusés.

Blessée et noyée par tant de haine, Suzanne n'insista plus. Elle quitta l'hôtel de ville la tête basse, le regard dans le vide.

Rentrée chez elle, l'enseignante tenta une ultime contre-attaque en adressant une supplique écrite au président du tribunal, au juge d'instruction Mathuron également, mais Suzanne eut beau scruter sa boîte aux lettres les jours suivants, aucune réponse ne lui parvint en retour.

À mon tour, avec mes faibles moyens, j'essayai d'intervenir auprès de la police de Morelange où travaillait mon cousin Roger. Je me risquai même à adresser un courrier aux magistrats, mais je n'obtins aucune suite favorable. Mon cousin policier et l'un de ses collègues me répétèrent que Pierre Clarens était désormais dépendant de l'appareil judiciaire. On ajouta que personne ne pouvait interférer dans l'enquête menée par la même Justice pour connaître le crime de trahison reproché à l'avocat de Morelange.

Je me sentais impuissant. Je n'avais rien su faire pour récupérer Pierre. Et j'avais le terrible pressentiment que je ne pourrais rien non plus pour sauver Suzanne si celle-ci était en danger.

Du fond de sa cellule à la prison de Morelange, Pierre Clarens utilisait ses relations, son carnet d'adresses, c'est-à-dire les faibles ressources qui lui restaient pour tenter de recouvrer la liberté. Pierre multiplia l'envoi de courriers à une série de personnes qu'il considérait comme influentes dans les milieux judiciaires de Morelange et de l'arrondissement. Il écrivit à plusieurs confrères avocats, aussi à un auditeur militaire en principe beaucoup plus ouvert au dialogue que l'auditeur Palmier.

« *Sortez-moi de cette sinistre aventure. Je ne vois pas en quoi mon comportement a mérité une telle infamie. Je suis victime d'une véritable injustice. Que l'on m'accorde au moins une remise en liberté provisoire* », suppliait Pierre Clarens dans ses courriers.

Mais le mois de septembre passa, puis le mois d'octobre, sans que Pierre n'obtienne le moindre écho. Tous faisaient le mort. Aucun confrère de M^e^ Clarens ne voulait mettre en péril sa carrière renaissante à la sortie de la guerre, en se portant au secours d'un avocat si controversé. Seul un avocat bruxellois bien connu écrivit à Pierre pour lui dire que le trop grand nombre de dossiers d'épuration de l'après-guerre le bloquait malheureusement devant les tribunaux de la capitale. En post-scriptum, cet avocat ajoutait à Pierre que ce dernier avait « toute sa sympathie ».

Depuis la fenêtre de sa cellule, Pierre voyait inexorablement tomber les feuilles jaunes et pourpres d'un érable tout proche. Les feuilles chutaient comme les dernières illusions d'une liberté bafouée.

Le 16 octobre 1944, Suzanne Gasper put enfin obtenir l'autorisation d'aller rendre visite à Pierre Clarens en prison. Les deux amants ne s'étaient plus vus depuis un peu plus d'un mois et l'arrestation de Pierre, au lendemain de la Libération.

– Je vais apporter à Pierre de la confiture, des biscuits, quelques livres, du jus de pommes pressé de nos fruits, mais je vais surtout lui donner beaucoup de raisons d'espérer ! me dit Suzanne, toute gaie et sautillante, la veille de se rendre à la prison de Morelange.

Hélas, le lendemain, une apostille de l'auditeur militaire Palmier vint télescoper l'autorisation de l'administration pénitentiaire. Deux gendarmes débarquèrent chez Suzanne et l'emmenèrent sans lui donner la moindre explication. La jeune femme ne put revoir Pierre, elle ne put lui donner un bisou furtif ni les confitures qu'il attendait.

Tout alla ensuite très vite. En quelques heures, Suzanne fut placée sous mandat d'arrêt et incarcérée à la section des femmes à la prison de Morelange.

Suzanne ne fut même pas inculpée par le juge d'instruction. Au palais de justice, le juge Mathuron était dépassé par le nombre impressionnant d'affaires inciviques à traiter. Le parquet militaire avait été autorisé à disposer d'un maximum de pouvoirs, cumulant à lui seul les compétences du magistrat instructeur et celui de la Chambre du conseil, la juridiction d'instruction. Il n'y avait plus de réel contrôle, l'auditeur militaire pouvait tout se permettre, même l'injustice.

Robert Palmier entendit les explications de Suzanne cinq petites minutes dans son bureau. Il lui signifia alors qu'il la plaçait sous mandat d'arrêt pour crime de trahison et propagande systématique avec l'ennemi.

– Pendant toutes ces années de guerre, vous avez tenu régulièrement à vos élèves des propos favorables à l'Allemagne et hostiles envers nos alliés. C'est très grave de la part d'un enseignant qui avait autorité morale sur ses élèves, avança l'auditeur militaire, d'un ton sévère.

Suzanne aurait voulu mordre, riposter, mais elle n'en eut pas la possibilité. S'arc-boutant sur la procédure du secret qui lui permettait de garder cachées les dépositions de plusieurs témoins, Robert Palmier, à la tête de tout le pouvoir d'enquête, empêchait Suzanne de mettre à mal la crédibilité de certains témoignages par le biais d'une confrontation.

Où était la démocratie ou ce qu'il en restait ? Qu'était cette Justice qui foulait ainsi aux pieds sa propre procédure en ne permettant pas une confrontation entre un accusé et ses accusateurs ? « La répression des délits commis contre la Patrie doit être efficace, rapide et équitable. Le pays veut que soient frappés, vite et fort, ceux qui se sont rendus coupables de crimes dont la gravité se joint à l'odieux. » avait déclaré le gouvernement Pierlot et Van Acker dès son retour au pays après la Libération.

Il fallait éradiquer immédiatement la tumeur de la collaboration. Le principe était d'aller le plus vite possible, de frapper juste et fort, sans faire de vagues. Suzanne se retrouvait complètement engloutie.

# 16

Mardi 2 décembre 1944. Les premiers flocons de neige sont tombés ce matin sur Morelange. Je me languis dans une morosité profonde. Je n'ai même plus envie de donner quelques graines à manger aux mésanges et aux moineaux qui tournoient dans les arbustes à l'arrière de ma maison.

Où en suis-je ? Quel est encore le but de ma vie ? J'ai quasiment perdu les deux amis qui m'étaient les plus chers au monde. Je ne peux plus voir Suzanne et Pierre, leur parler. Mon amitié envers eux est devenue virtuelle, limitée à quelques échanges épistolaires que je m'efforce de poursuivre entre nous trois.

Je m'accroche à une idée fixe pourtant : je veux rester, jusqu'au bout, l'intermédiaire entre mes deux amis. Moi, Hervé Jaminet, je le promets, je serai le facteur, la courroie de transmission qui maintiendra la flamme vacillante.

Dans les différents messages que je leur envoie en prison, je veux sauver la face, faire semblant, entretenir l'espoir. Mais au fond de moi, je n'y crois guère. J'ai la nette impression que tout est perdu. Mes meilleurs amis sont incarcérés, et au lycée, où j'ai repris mes cours, beaucoup de mes collègues ne m'adressent plus la parole sous le prétexte que j'ai choisi le camp de Suzanne Gasper ! Le vieux prof de maths Hasse a fait des émules. Plusieurs enseignants appellent maintenant Suzanne « la traîtresse ». Ils en parlent à quelques mètres de moi, sans la moindre pudeur, sans même baisser le son de leur voix.

Cette nuit, j'ai dû faire hospitaliser en urgence le papa de Suzanne, le docteur Gasper. Personne, à part moi, ne peut encore s'occuper de Joseph Gasper. Soigné par une infirmière dans sa maison depuis l'arrestation de Suzanne, le vieux médecin de 78 ans a été frappé d'une embolie pulmonaire. Il ne restera pas bien longtemps à l'hôpital. Quelques jours après son transfert, il meurt là-bas, sans avoir pu revoir sa fille en liberté. Je pense très fort à Suzanne. Emprisonnée, elle ne peut assister aux obsèques de son papa. Même ce droit-là, on le lui a retiré.

22 décembre 1944. Pierre ne reverra pas de sitôt Suzanne.

Avec des dizaines d'autres femmes, Suzanne vient d'être transférée sur un autre lieu de détention, à Namur, dans le centre du pays. Chaque jour, les condamnés par les conseils de guerre arrivent par charretées entières aux portes des prisons. Celles-ci atteignent vite la saturation, les cellules sont remplies à ras bord, il n'est pas rare de compter quatre, voire six détenus pour quelques mètres carrés. La vieille prison de Morelange, une des plus petites du royaume, est en train d'imploser. La décision d'envoyer plusieurs prisonnières, dont Suzanne, ailleurs dans le pays, est une absolue nécessité.

Et puis, contre toute attente, les hostilités ont repris. Les Allemands qu'on croyait moribonds lancent une contre-offensive dans les Ardennes, orchestrée par le général Von Rundstedt. Au nord de Morelange, dans la neige et le froid, Bastogne ne devra son salut qu'à la détermination des troupes américaines des généraux Patton et Mac Auliffe. Des villes ardennaises, comme Houffalize et La Roche, sont presque entièrement détruites. Des otages assassinés à Bande. Aucune bataille n'est aussi meurtrière depuis la bataille de Normandie. 25 000 hommes, alliés et allemands, y laissent leur peau, de même que 2 500 civils parmi la population.

Et cette neige qui n'en finit pas de tomber... Les nouveaux combats, le gel, le froid, malmènent les voiries au sud de Namur ; elles ne permettent plus de rejoindre l'Ardenne et Morelange. La voie ferrée Namur-Morelange est interrompue elle aussi à plusieurs endroits. Les marchandises transitent difficilement, le courrier ne passe plus. Dans ces conditions très pénibles, je ne parviens plus à obtenir la moindre nouvelle de Suzanne, perdue là-bas, au fond de sa prison de Namur.

Finalement, à la mi-février 1945, je réussis à entrer en contact avec un gardien namurois qui était natif de notre région. Prenant certains risques, le gars a bien voulu glisser dans la poche de son manteau le courrier que Suzanne destinait à Pierre. Le gardien a exigé 200 francs belges pour son geste. Une fortune pour moi. Mais je n'ai pas hésité. Je me suis fait la promesse morale de ne jamais abandonner mes deux amis.

Le 20 février 1945, je peux enfin rendre visite à Pierre, à la prison de Morelange. Je suis sûr que lui remettre une lettre de Suzanne va lui doper le moral. J'arrive au parloir tout excité et je découvre mon ami Pierre, mal rasé, le cheveu hirsute, la mine déconfite. Les verres de ses lunettes ont été brisés à la sortie du réfectoire par deux petits malfrats qui voulaient se faire un avocat « pro-Boche ».

– Pierre, je dois te confier une lettre que Suzanne a spécialement écrite pour toi.

– Tu veux bien la lire, s'il te plaît ? Je n'y vois goutte sans mes lunettes, je suis myope depuis que je suis môme.

– Bien sûr, je vais la lire. Mais ça m'embête un peu, c'est un courrier personnel entre elle et toi. Je ne voudrais pas… être impudique. Il y a sûrement des passages plus intimes.

– Arrête ton char ! T'es notre ami ou quoi ? On n'a plus que toi, Hervé, sur qui compter ! Tu comprends, ça ? Alors tu la lis, cette putain de lettre ? Pierre hurle derrière la vitre du parloir. Je ne reconnais plus mon ami, le sage et pondéré avocat. La prison et les privations ont fait de lui un lion en cage.

J'ouvre délicatement l'enveloppe. L'écriture sur deux pages pleines est très belle, les voyelles et consonnes se succèdent en jambages et espaces réguliers, une calligraphie soignée à l'image du professeur modèle qu'était Suzanne. Je n'ose pas dire à Pierre que l'enveloppe dégage un parfum féminin, une odeur de jasmin, je crois. Déjà que Pierre voit très approximativement sans lunettes, il est en plus privé de l'odeur à cause de la vitre qui nous sépare dans ce parloir.

Pour la lecture, je prends ma respiration et plonge en apnée dans l'univers de Suzanne, notre chère Suzanne à Pierre et à moi.

« *Pierre, mon Pierre,*

*Ton absence me fait souffrir chaque jour davantage.*

*Ta voix chaleureuse, tes mains sur mes épaules, ton calme, ta détermination, tout cela me manque terriblement.*

*Pierre, mon Pierre, nous retrouverons-nous un jour ?*

*J'attends tellement ce moment, je voudrais tellement te serrer dans mes bras.*

*Mais qu'est-ce qui s'est passé, Pierre ?*

*Qu'est-ce qui a fait qu'on nous a placés dans le clan des mauvais, des renégats ?*

*Je croyais que déjà la guerre avait dressé les peuples les uns contre les autres.*

*Mais les lendemains de guerre n'ont rien arrangé. Pire, ce sont les gens qu'ils ont dressés les uns contre les autres.*

*Nous n'avons pas cherché à gagner cette guerre, à être les vainqueurs.*

*On nous a placés d'autorité dans le rang des ennemis de la patrie.*

*Nous n'avons pas encore pu nous défendre, mais Pierre, je te l'assure, la roue va tourner en notre faveur. Nous allons tous les deux démontrer à Morelange, à la Belgique, à la terre entière que tout ceci est une sinistre farce.*

*Jamais nous n'avons cherché à tromper notre pays.*

*Jamais nous n'avons voulu trahir des nobles causes.*

*Je te le promets, mon chéri, nous allons nous en sortir.*

*Bientôt viendra le temps de nos deux procès. Tu ne pourras m'y assister.*

*Mais même si tu es loin de moi, ta voix d'avocat, j'en suis sûre, parviendra jusqu'à moi.*

*Même à des kilomètres, j'entendrai ton souffle, ton intelligence ; ils m'aideront à trouver les mots justes pour me défendre. »*

Je m'interromps quelques secondes, le temps que Pierre, avec le revers de son pull, sèche une larme qui descend sur son visage.

– Ça va, je continue ?

– Oui, vas-y, lis la lettre de Suzanne jusqu'au bout…

Je reprends donc.

*« Pierre, mon Pierre, c'est le premier Noël que je m'apprête à passer sans toi. »*

– Quoi ? Elle m'a écrit cette lettre avant Noël ? Il y a au moins deux mois ! m'interrompt Pierre.

– Sans doute. N'oublie pas qu'avec la bataille des Ardennes, plus aucun convoi ne pouvait passer au sud de la Belgique. Les courriers sont restés en attente pendant des semaines.

Je termine la lecture de la lettre :

« *Noël, loin des siens, loin surtout de l'être qu'on aime le plus au monde, c'est d'une tristesse infinie.*

*Hier soir, ici à la prison de Namur, j'ai déposé un petit enfant Jésus miniature dans une crèche en paille.*

*Tu me connais, Pierre, je n'ai guère la foi, j'ai toujours douté de l'existence de Dieu. Mais ce petit Jésus en plâtre, ne mesurant pas plus de 5 centimètres, il a réussi à m'attendrir. C'est étonnant.*

*Avec mes mots à moi, je lui ai demandé de prier pour nous deux, Pierre, d'implorer la pitié de nos bourreaux. J'ai aussi demandé qu'il intervienne pour tous les innocents qui souffrent en ce moment.*

*Ce petit Jésus nous portera bonheur, je le sens. Je l'espère.*

*Je t'embrasse très affectueusement.*

*Pierre, mon Pierre, tu me manques. Je t'aime. Je t'aime.*

*Suzanne.* »

Les mots de Suzanne ne m'étaient pas adressés, mais ils m'ont fait chavirer le cœur.

Pierre Clarens, étonnamment, n'exprime plus la moindre émotion, mais il me dit alors, d'une voix puissante : « Suzanne est extraordinaire. Elle a dix fois plus de courage que nous tous ici réunis. Si quelqu'un doit se sauver en priorité, c'est elle ! Laisse-moi sa lettre, Hervé. Je la garderai toujours près de moi. Je la relirai des dizaines de fois. Elle m'aidera à garder espoir pour les nuits où ma cellule deviendra trop sombre. »

# 17

C'est fou ce que les oiseaux peuvent offrir comme facéties et parades amoureuses pour tenter de conquérir l'âme sœur. Une tourterelle bien en chair, un mâle sans doute, portant autour du cou un demi-collier très seyant noir et blanc, ne cessait de multiplier des vols ascendants et descendants pour épater une galerie de tourterelles femelles. Celles-ci semblaient pourtant rester assez indifférentes à cette démonstration de machisme.

Depuis la fenêtre de sa cellule à la prison de Namur, hissée sur la pointe des pieds, Suzanne Gasper observait attentivement les mouvements aériens de ces oiseaux qui la raccrochaient à la vie. Ils volaient sans discontinuité entre le toit de la prison et les champs de blé dans la campagne toute proche. Un spectacle unique, gratuit, un des derniers petits plaisirs que Suzanne pouvait encore s'offrir en tant que détenue.

Un jour, une demoiselle tourterelle finit quand même par craquer face à l'opération séduction d'un beau mâle. Gonflant son jabot à s'en faire exploser le poitrail, le mâle roucoulait de plaisir, son ego flatté par les battements d'ailes de la femelle. À cinq mètres à peine de sa fenêtre, Suzanne vit le jeune couple d'oiseaux emménager dans un ancien nid d'hirondelles perché dans le renfoncement du pignon d'en face, au quatrième étage. Les deux tourterelles y confectionnèrent avec beaucoup d'application un petit nid douillet fait de brindilles, de mousse et de végétaux.

Très vite, le mâle voulut tester son ardeur virile. Il grimpa sur le dos de sa compagne et lui féconda un œuf encore à l'état d'ovule. L'acte terminé, le mâle repoussa la femelle vers le nid en lui donnant des petits coups de bec répétés.

Suzanne ne loupait aucune scène du chaud spectacle. Elle ne se culpabilisait nullement d'être un peu voyeuse de cet accouplement ailé.

Les ébats amoureux de ces tourterelles l'amusaient, la détendaient, mais en même temps lui rappelaient cruellement l'absence de l'être aimé. Depuis quand n'avait-elle plus vu Pierre ? Depuis quand ne l'avait-elle plus senti ? Touché ? Caressé ? Ils n'avaient pas pu avoir d'enfants, mais au moins, elle et Pierre avaient toujours connu un plein épanouissement dans leur vie intime.

Suzanne détourna son regard du couple de tourterelles. La jeune femme se colla dos au mur de sa cellule. Elle frappa l'arrière de sa tête à deux reprises contre la paroi. Un grand vertige l'envahit. Avec sa main droite, elle retroussa sa robe, dévoilant tout le haut de ses cuisses. Elle frotta le vêtement contre son sexe, lentement, puis de plus en plus vite. Avec frénésie. Suzanne poussa tout d'un coup un cri bref, mais fort. Son plaisir était devenu une sensation de douleur insupportable. Sa sécheresse vaginale l'asphyxiait, la laissait à l'abandon. Elle était trop en manque de Pierre.

– Madame Gasper, vous ne pouvez pas la fermer ? Qu'est-ce que vous avez à gueuler ainsi ?

Une gardienne de la prison, une grosse femme en tenue de maton gris clair, avait ouvert précipitamment la porte de la cellule après avoir entendu Suzanne crier.

Suzanne, tout de suite, retrouva une contenance :

– Non, non, je suis désolée. Tout va bien. J'ai crié... Je ne sais pas, sans doute parce que j'ai repensé à un mauvais souvenir.

– Ah bon, ce n'est que cela ! Un mauvais souvenir ! Madame Gasper, je me demande si tout fonctionne encore normalement dans votre tête. Vous devriez peut-être demander la visite du toubib. Je n'ai encore jamais entendu quelqu'un crier comme ça, en pleine journée, rien que pour chasser des mauvais souvenirs ! marmonnait la gardienne entre ses dents, tout en refermant la porte de la cellule avec son énorme trousseau aux vingt-cinq clefs.

Les semaines passèrent. Les dates des procès de Pierre et Suzanne avaient été fixées pour les mois de juin et septembre 1945. L'Armistice du 8 mai n'avait pas calmé l'esprit de vengeance de plusieurs citoyens. Pour fêter la fin de la guerre, on avait encore dansé et un peu chanté à Morelange, mais ce n'était pas le même débordement que huit mois plus tôt, au moment de la Libération. En mai 1945, on venait de découvrir les charniers de cadavres à Buchenwald, Dachau, Auschwitz. Quelques rescapés faméliques des camps rentraient au pays. La haine envers les Allemands et tous ceux qui avaient collaboré avec eux en était ravivée. Les morts de la bataille des Ardennes étaient à peine enterrés.

Et puis l'économie tardait à redémarrer comme avant la guerre. Le charbon manquait, les gens n'avaient plus d'argent, plusieurs avaient perdu leur maison. Revenu à Bruxelles après la longue période d'exil du gouvernement belge à Londres, le ministre des Finances, Camille Gutt, prit une mesure indispensable, mais très impopulaire : afin de juguler l'inflation et contrer les gens qui avaient profité du marché noir en amassant des billets de banque dans leurs coffres, Gutt confisqua les anciens billets. Il remit en échange, à chaque famille, un maximum de 2 000 francs belges en billets neufs. Cela fit grincer les dents.

La population, affamée, avait des rancunes tenaces. Elle en voulait terriblement à tous ceux qui avaient profité du régime nazi.

Les gens ne s'embarrassaient pas non plus de nuances. Ils faisaient l'amalgame entre ceux qui avaient réellement collaboré avec l'occupant, ceux qui s'étaient contentés de quelques avantages en nature, d'autres qui avaient envoyé des lettres de dénonciation ou encore les personnes qui intellectuellement, comme Suzanne, n'avaient peut-être pas suffisamment soutenu la propagande alliée.

Dans un contexte aussi trouble, aussi tendu, délétère et revanchard, comment Suzanne et Pierre allaient-ils pouvoir expliquer leur parcours devant un tribunal ? Comment pourraient-ils se défendre en toute objectivité et hors d'un climat passionnel ?

# 18

Le procès de l'avocat Pierre Clarens était l'un des plus attendus au sein de la petite communauté de Morelange.

Tous les jours, depuis l'automne 1944, le conseil de guerre de Morelange débattait, délibérait, condamnait. Puis le lendemain, il débattait à nouveau, redélibérait, recondamnait.

C'était presque mission impossible pour un prévenu d'arracher un acquittement. Parfois, les audiences ne duraient pas plus de dix minutes, le temps de prononcer un jugement sur les bancs et d'attribuer un an de prison à des personnes qui avaient simplement fait partie du mouvement culturel pro-allemand *Sprachverein*.

Mais le procès Clarens qui était programmé pour le 20 juin 1945 n'avait rien à voir avec ces affaires routinières. Cette affaire devant le conseil de guerre, beaucoup voulaient y assister. L'avocat Clarens était bien connu en ville, il avait défendu des notables comme des gens très modestes, des hommes apparemment vertueux comme d'autres de toute petite vertu.

La curiosité attire les foules. Le matin du 20 juin, le public se bousculait aux portes de la salle d'audience pour voir comment l'avocat allait cette fois défendre sa propre cause. Comment lui et sa femme, « la traîtresse », allaient pouvoir justifier le fait qu'ils avaient réussi à conserver un certain train de vie pendant la guerre ?

Moi aussi, je jouais des coudes parmi le public pour trouver une place dans le tribunal. Les remarques désobligeantes que j'entendais autour de moi au sujet de Pierre et Suzanne me dérangeaient, me blessaient, mais je préférais garder le profil bas pour ne pas me faire remarquer.

J'avais eu l'occasion de revoir Pierre Clarens quinze jours plus tôt, à la prison. Pierre semblait plus en confiance. Avec plaisir, je l'avais découvert à nouveau rasé de près, les cheveux soigneusement peignés, le regard volontaire comme jadis derrière une nouvelle paire de lunettes qu'il avait pu se procurer.

Depuis la prison de Namur, Suzanne lui avait encore écrit, lui prodiguant ses encouragements. Et puis Pierre allait retrouver ce qui était l'un des moteurs de son existence : le verbe, l'éloquence, l'audience. Son audience. Son prétoire.

Depuis son arrestation en septembre, cela faisait plus de neuf mois qu'il avait préparé dans sa tête ce dossier parmi les plus difficiles : défendre sa propre cause. Cette fois, le jour J était arrivé. Avec M$^{e}$ Paul Kernat, son jeune confrère du barreau de Morelange, seul avocat qui avait accepté de le défendre, M$^{e}$ Clarens allait enfin pouvoir sortir le grand jeu. S'il plaidait mal, si sa voix chancelait, vacillait, c'est sa propre vie que Pierre mettait dans la balance de la Justice.

« Faites entrer le prévenu ! » tonna d'une voix forte le président Grammont, un homme aux cheveux blancs gominés, engoncé dans sa robe rouge et noire garnie d'une épitoge bordée d'hermine blanche. Émile Grammont impressionnait. Magistrat expérimenté, il avait déjà commencé à juger avant la guerre de 1914. Pendant cette nouvelle guerre de 1940-1945, il avait continué à travailler, à Bruxelles, à la direction de l'administration des prisons au sein du ministère de la Justice. On le disait fin juriste, mais aussi proche des justiciables, des petites gens.

Pierre Clarens aurait pu tomber beaucoup plus mal. Il fallait bien une personnalité de la trempe du président Grammont pour maîtriser le fougueux auditeur militaire Palmier, celui-là même qui poursuivait Pierre depuis le début et allait maintenant requérir contre lui.

Outre le président Grammont, le siège du conseil de guerre de Morelange était constitué d'un juge civil suppléant et de trois juges militaires tirés au sort, deux capitaines-commandants et un lieutenant.

Dès que le jugement serait prononcé, j'avais promis à Suzanne de la rejoindre à la prison de Namur et de lui rapporter tous les détails sur le procès de Pierre. C'était évidemment très frustrant pour Suzanne de ne pouvoir être aux côtés de son compagnon pour ce moment-clé de leur vie.

*« Je suis avec toi en pensée. Je penserai à toi toute cette journée du 20 juin.* » lui avait écrit tendrement Suzanne. Pierre me l'avait répété.

Selon la procédure habituelle, le président Grammont lut d'abord les préventions au prévenu et lui demanda s'il reconnaissait celles-ci. On reprochait en particulier à Pierre d'avoir « servi la propagande ou les desseins de l'ennemi entre janvier 1943 et le 10 septembre 1944 ».

– En toute sincérité, Monsieur le président, je ne crois pas avoir une seule fois voulu favoriser les desseins de nos ennemis, répondit d'emblée Pierre. Je reconnais tout au plus avoir fait partie du mouvement *Sprachverein* pendant quelques mois, d'avoir reçu leur publication et payé ma cotisation.

– M^e^ Clarens, en tant qu'avocat, c'est tout de même étonnant que vous ne vous soyez pas montré plus prudent. Pourquoi avoir adhéré à ce mouvement qui prévoyait radicalement le rattachement de la région de Morelange à l'Allemagne ? interrogea le président Grammont.

– Mais je ne savais rien de tout cela. Aux rares réunions où je me suis rendu, jamais on n'a parlé de cette annexion possible à l'Allemagne. Ces soirées étaient uniquement culturelles, récréatives, dans le but de faciliter l'apprentissage de la langue allemande. Nous vivons tout près des frontières, Monsieur le président, et j'ai toujours considéré que c'était un atout que de pratiquer plusieurs langues. Quant aux objectifs d'annexion à l'Allemagne, je les ai toujours trouvés juridiquement impossibles.

– Pourquoi n'avez-vous pas informé votre bâtonnier, M^e^ Michaux, que vous comptiez adhérer au *Sprachverein* ?

– J'ai eu tort, c'est une négligence, j'aurais dû le faire.

– Vous étiez déjà l'un des rares avocats belges qui plaidait devant le *Kriegsgericht*, le tribunal de guerre allemand à Morelange. Vous perceviez quelques honoraires pour ces prestations. Cela ne vous suffisait pas ? Pourquoi avoir voulu en plus militer au *Sprachverein* ?

– Vous devez me croire, Monsieur le président, c'est la stricte vérité. Le greffier allemand du *Kriegsgericht* m'a dit un jour que je risquais de me faire débarquer par les juges allemands. Ils préféraient un avocat germanophone du Grand-Duché. Qu'est-ce que je devais faire ? J'en ai parlé longuement avec mon épouse Suzanne. La seule solution que j'ai trouvée, en accord avec ma femme, a été de m'affilier au *Sprachverein*, pour continuer à avoir « l'oreille » des magistrats allemands. J'ai fait tout cela, vraiment, dans le seul intérêt de mes clients, les justiciables.

Pierre avait prononcé cette dernière phrase avec beaucoup de solennité et d'émotion.

L'auditeur Palmier intervint à son tour. En tant que représentant du ministère public, lui aussi avait la possibilité d'interroger les prévenus.

– N'est-ce pas indécent de votre part d'avoir envoyé des notes d'honoraires élevées à certains de vos clients qui comparaissaient devant le conseil de guerre allemand ? Nous étions en pleine guerre. Tout le monde était ruiné jusqu'au sang.

Palmier avait déjà touché la corde sensible. On entendit des commentaires à voix basse dans le public.

– Je proteste, Monsieur l'auditeur. C'est faux quand j'entends dire que j'aurais continué à bien gagner ma vie malgré la guerre. J'ai toujours défendu gratuitement des compatriotes belges qui comparaissaient pour des faits patriotiques devant le conseil de guerre allemand.

– Cela reste à démontrer ! J'ai convoqué dans la salle annexe toute une série de témoins prêts à affirmer, sur la foi du serment, que vous leur avez réclamé des honoraires énormes, ajouta l'auditeur Palmier.

– Eh bien, nous allons entendre ces témoins sans plus tarder, fit le président Grammont. Le tribunal doit être davantage éclairé.

Un premier témoin s'avança. C'était un jeune électricien de 25 ans qui provenait d'un village juste à côté de Morelange. Il précisa que lors de son procès devant le *Kriegsgericht*, on lui avait désigné d'office l'avocat Pierre Clarens pour le défendre.

– Je ne disposais plus d'aucun revenu. Mais alors que j'étais emprisonné par les Allemands après mon procès, Me Clarens est venu réclamer 500 francs belges à mon épouse.

L'auditeur Palmier menait la danse :

– Voici un exemple de note d'honoraires envoyée par Me Clarens au témoin. Je vous la lis. Frais de consultation, différentes visites à la maison d'arrêt, démarches, copies, état du dossier, frais de représentations et plaidoiries. Pour tout cela, vous réclamez 500 francs ! En février 1944, vous exigez déjà une provision de 150 francs que le témoin vous règle sans problème. Mais le 29 août 1944, alors que nous sommes à quelques heures de la Libération et que les Allemands se livrent à des actes inqualifiables de représailles à l'égard de la population civile, vous, M. Clarens, le vertueux et très digne M. Clarens, vous ne pensez alors qu'à votre portefeuille. Le 29 août 1944, vous osez réclamer à l'épouse du témoin ici présent une somme de 350 francs. Les 350 francs restants. C'est très vénal !

Palmier en avait presque la bave qui débordait…

– Est-ce la démarche noble et désintéressée d'un avocat qui se dit défenseur de la veuve et de l'orphelin ?

Des gens applaudissaient dans le public.

Le président Grammont intervint aussitôt. Il voulait garder la mainmise sur la partie.

– Mesdames, Messieurs, je vous rappelle qu'il est interdit d'applaudir ou de manifester toute forme de satisfaction ou de réprobation. Quant à vous, Monsieur l'auditeur, je vous prierai de vous abstenir de tout commentaire dans vos questions. Tenez-vous en à de simples interrogations au prévenu et aux témoins.

– Pas de problème, Monsieur le président, pas de problème. J'ai encore, de toute façon, plein d'autres cartes dans ma manche, enchaîna Palmier, avec un large sourire.

« Le salaud ! » me suis-je dit intérieurement.

Un deuxième témoin cité par l'accusation était un homme qui avait été arrêté par les Allemands pour divers trafics au marché noir.

– Je manquais de tout à la prison où les Allemands m'avaient envoyé. Un jour, mon avocat, M^e^ Clarens, m'a fait savoir qu'il suffisait que mon épouse lui remette un colis de vivres à mon intention, avec du tabac, des cigarettes, de la saucisse. M^e^ Clarens se faisait fort ensuite de me redistribuer tout cela à la prison.

– Et alors ? Qu'est-ce qui s'est passé ? Vous avez reçu ce fameux colis qu'avait préparé votre épouse ? demanda l'auditeur Palmier.

– Jamais ! M^e^ Clarens a prétendu devant ma femme qu'il l'avait remis à un gardien de la prison, expressément à mon intention. Moi, je n'en ai jamais vu la couleur !

– Vous vous rendez compte, enchaîna alors Palmier avec beaucoup de théâtralisation et gestes à l'appui, non seulement le prévenu se fait payer grassement pendant la guerre, mais en plus, il détourne à son seul profit les quelques denrées rassemblées avec beaucoup de courage par une famille dans le besoin.

« Ouh ! Ouh ! » hurlaient certains dans le public.

Le jeune avocat de Pierre, M^e^ Kernat, prit alors la parole. Il n'était pas encore intervenu jusqu'à présent.

– Monsieur le président, je ne peux pas laisser dire n'importe quoi ! Monsieur l'auditeur vous livre une version très partielle de ce dossier. En fait, il ne vous présente ici que la version qui l'intéresse.

– Que voulez-vous dire, M^e^ Kernat ? interrogea le président Grammont.

– J'ai ici, sous les yeux, dans le dossier répressif, à la pièce cotée 8634/B, une lettre écrite par ce même témoin à son épouse, alors qu'il était toujours incarcéré à Morelange après sa condamnation par le conseil de guerre allemand. Dans ce courrier, le témoin, alors détenu, demande à son épouse, je cite : « Remercie pour moi l'avocat Clarens, qui m'a remis des tartines et des

cigarettes. Remercie-le pour les services qu'il m'a accordés ! Il est très bon de se déranger pour moi. »
Me Kernat haussait le ton, pour impressionner le tribunal, mais aussi le public.

– Alors il faut savoir ! ajouta Me Kernat au bout de sa démonstration. Quelle est la crédibilité de ce témoin cité par l'accusation ? Ici à la barre, il prétend que le prévenu a détourné des denrées à son profit personnel. Et il y a un an à peine, alors détenu, le témoin remerciait par ailleurs Pierre Clarens pour toutes ses bontés !

Cette fois, une partie du public se manifesta ostensiblement en faveur du prévenu. C'était un vrai combat de boxe entre attaque et défense. À chaque coup porté, chaque clan comptait ses points autour du ring.

On fit entrer un troisième témoin, toujours cité par le ministère public. C'était un vieux paysan. Assez intimidé par le décor de la salle d'audience et les toges des avocats et magistrats, l'homme ne cessait de faire faire des rotations nerveuses à son couvre-chef qu'il gardait systématiquement au bout des doigts. Le chapeau en velours, devenu gris clair à force de souffrir des décolorations dues au soleil, devait avoir sûrement la même ancienneté que son propriétaire.

Le paysan, Nestor Frahan, 78 ans, affirma qu'en janvier 1944, Me Clarens lui avait envoyé une note d'honoraires de 1 500 francs qu'il lui restait encore à payer. Clarens invita alors le père Frahan à lui verser cette somme à son CCP par virement ou bien à lui apporter en mains propres à son étude.

– Mais 1 500 francs, c'était une somme beaucoup trop importante pour moi. C'était le prix de cinq de mes vaches ! avança Nestor Frahan. Jamais je n'aurais pu donner cet argent à l'avocat.

– Alors, qu'avez-vous fait ? interrogea le président Grammont.

Le vieux témoin gardait la tête baissée, continuant à faire tourner son chapeau qui commençait à attraper le tournis. On aurait cru que le père Frahan, qui en avait vu d'autres, n'osait pas formuler une réponse qui le gênait.

– Monsieur le président, si vous me le permettez, je vais peut-être aider le témoin, annonça l'auditeur Palmier avec éclat. J'ai devant moi un autre courrier de M^e^ Clarens adressé au témoin, le 15 avril 1944. M^e^ Clarens s'étonnait que le témoin ne lui ait pas encore réglé les 1 500 francs qu'il lui devait. Voici ce que Clarens écrit : « Suite à de nouvelles démarches que j'ai entreprises auprès des autorités allemandes et à une requête introduite pour l'obtention de votre libération anticipée, et vu le bon résultat obtenu, je vous saurais gré de bien vouloir me procurer quelques kilos de lard fumé. J'attends par conséquent votre visite un de ces prochains jours. »

Palmier jubilait. Il paradait sur son estrade, sûr de son effet, les mains croisées sur le thorax comme le faisait Mussolini.

– Voilà la clef du mystère enfin élucidée ! s'exclama Palmier avec un grand sourire. Le prévenu, M^e^ Clarens, est quelqu'un de très généreux, c'est vrai. Il ne demande pas toujours des billets de banque que plus grand monde, je dois le dire, ne possédait encore à la fin de la guerre. À la place, M^e^ Clarens se fait rémunérer en nature car, le bougre, il apprécie beaucoup le cochon !

Venant du public, toujours aussi amusé et goguenard, on entendit cette fois des imitations de grognements de porcs.

– Mesdames et Messieurs, un peu de respect s'il vous plaît ! Où vous croyez-vous donc ? Au music-hall ? À une fête foraine ? Nous sommes dans un procès judiciaire et j'aimerais que tout le monde respecte ce prétoire et cette assemblée ! martela le président Grammont.

Malgré sa longue expérience, le président avait fort à faire. Le public, indiscipliné au possible, ne faisait en réalité que céder aux outrances et provocations du ministère public.

Mon voisin, assis à ma droite dans le public, me glissa à l'oreille que le témoin suivant allait sûrement permettre à la défense de Pierre Clarens de ne plus être enfoncée. Ce témoin était le curé Goffinet. Ce prêtre, paraît-il, avait été défendu par Pierre devant le conseil de guerre allemand. Ce n'était tout de même pas un religieux qui allait s'acharner sur le prévenu !

De fait, l'abbé Goffinet n'exprima que des choses positives sur Pierre. Que celui-ci l'avait « brillamment défendu devant le *Kriegsgericht* ».

– J'avais appris devant le conseil de guerre allemand que ma peine pouvait être fortement réduite si je m'affiliais au *Sprachverein*. M^e^ Clarens, je dois le dire, m'a déconseillé de le faire, dit le prêtre Goffinet, le regard tourné vers

Pierre, comme s'il lui donnait l'absolution après lui avoir pardonné tous ses péchés.

– Le prévenu vous a-t-il réclamé de l'argent pour vous avoir défendu ? interrogea le président Grammont.

Apparemment surpris par cette question, le prêtre ne répondit pas tout de suite, puis il finit par affirmer : « Il ne m'a réclamé aucun honoraire, mais je lui ai donné du lard pour le remercier. »

– Du lard, encore du lard. Comme c'est étonnant ! pérora aussitôt Palmier. M^e^ Clarens n'aime pas l'argent, nous l'avons vu, mais ce procès nous démontre qu'il a une passion dévorante pour tous les attributs du porc.

« Groin ! Groin !» cria alors une partie du public, qui cette fois ne s'autocensurait plus.

– Il adore le cochon parce qu'il a épousé une cochonne ! lança un gaillard depuis le fond de la salle, rendu hilare par son bon mot grivois. D'autres personnes manifestaient leurs encouragements à Pierre Clarens dans le patois germanophone et luxembourgeois de Morelange.

– Silence ou je fais évacuer la salle ! cria le président Grammont, visiblement excédé. Si vous continuez à vous manifester de la sorte, je vais prononcer le huis clos et nous poursuivrons nos débats sans la présence du public.

L'instant d'après, on aurait entendu une mouche voler. Personne n'osait plus piper mot.

Un dernier témoin de la matinée était annoncé : Jules Martin, un ouvrier du chemin de fer qui avait commis des actes de sabotage pour la Résistance.

– Je devais être condamné à mort par le conseil de guerre allemand. Mais grâce à mon avocat, Me Clarens, ma peine a pu être ramenée à six mois de prison. Il ne m'a jamais réclamé d'honoraires, déclara le témoin.

– Me Clarens, il faudrait savoir une bonne fois pour toutes. Les uns prétendent que vous leur avez réclamé de grosses sommes d'argent, parfois longtemps après vos prestations. Les autres disent au contraire que vous interveniez gratuitement, pro deo. Alors, quelle est la vérité ? Vous exigiez des honoraires à la tête du client ?

– J'ai toujours suivi la même ligne de conduite, Monsieur le président. Devant le conseil de guerre allemand, j'ai toujours défendu gratuitement les Belges qui comparaissaient pour des faits patriotiques. Par contre, pour les délits de droit commun, des vols, des détournements d'argent, des faux, j'ai bien sûr demandé des honoraires. Vous savez, j'ai fait comme beaucoup de gens, pendant la guerre. Je devais en premier lieu continuer à payer le personnel de mon étude, payer les frais de ma maison, nourrir ma famille.

Seuls 2 % environ de la population se sont engagés activement dans la Résistance, tandis que 2 autres pourcents se sont rangés du côté des Allemands. Moi, j'ai fait partie des 96 % de Belges qui voulaient simplement continuer à travailler et à gagner quelque peu leur vie, malgré les circonstances difficiles.

Les arguments de Pierre me semblaient convaincants. Je retrouvais la verve et toute la finesse d'esprit de mon ami, l'avocat. Ah, si Suzanne avait pu l'entendre à ce moment précis !

La matinée de débats était passée. Il était déjà entre midi 15 et midi 30.

– Je suspends les débats jusqu'à 14 h, lança le président Grammont. Nous reprendrons cet après-midi avec le réquisitoire de Monsieur l'auditeur militaire et la plaidoirie de la défense. Mais juste avant, je donnerai la parole à un témoin de dernière minute qui a été convoqué à la demande de Monsieur Palmier.

– Qu'est-ce que cela signifie ? Vous savez bien, Monsieur Palmier, que vous devez nous fournir au préalable votre liste de témoins. La procédure est contradictoire, s'indigna Me Kernat, l'avocat de Pierre.

– Me Kernat, j'ai toujours été soucieux de respecter la procédure, voulut tempérer Palmier. Mais je ne pouvais pas vous communiquer le nom de ce témoin, car il y a quelques heures seulement que cette personne a confirmé sa présence ici, devant ce tribunal.

– Monsieur l'auditeur, pouvez-vous nous communiquer le nom de votre témoin de dernière minute ? interrogea le président Grammont.

– Il s'agit de quelqu'un que l'inculpé connaît très bien : Me Michaux, l'ancien maire de cette ville et ancien bâtonnier au barreau de Morelange.

Je me méfiais de ce Me Michaux. Avec son passé de grand résistant, il jouissait d'une importante autorité morale dans la région. Il allait en imposer, c'est certain, devant le tribunal et le public. Pierre m'avait dit un jour qu'il avait eu quelques tiraillements professionnels avec Me Michaux, ils s'étaient affrontés sur plusieurs dossiers.

– Cela ne sent pas bon pour Pierre. Je ne sais pas ce que nous réserve Palmier en convoquant Michaux. Mais je crains en tout cas que ce soit l'artillerie lourde pour Pierre, me dit nerveusement le jeune avocat Kernat dans un couloir du palais de justice, à la sortie de l'audience.

Kernat ne pouvait supporter de se faire dépasser par les événements. Le conseil de Pierre tournait en rond dans la salle des pas perdus. Il voulait trouver au plus vite une stratégie de contre-attaque. Et soudain…

– Hervé, il faut qu'on les prenne à leur propre piège ! Nous devons trouver nous aussi nos propres témoins, pas de la dernière minute, mais de la dernière seconde. Voici ce que nous allons faire, mais il n'y a plus un instant à perdre : Pierre a redistribué, avec Suzanne, des tickets de rationnement du *Sprachverein* à l'une ou l'autre famille de Morelange dans le besoin. Hervé, c'est à vous que je confie cette mission urgente, vous avez une bonne heure devant vous. Il faut que vous me retrouviez dans Morelange l'une de ces familles et que vous la rameniez ici à 14 h, devant ce tribunal ! Moi, je ne peux pas le faire, car je dois encore peaufiner ma plaidoirie de cet après-midi.

Je fis part à Me Kernat de mes réticences. Suzanne, qui savait se montrer généreuse dans la discrétion, n'aurait jamais supporté qu'on mette en avant sur la place publique des gestes de solidarité qu'elle et Pierre avaient posés.

– Hervé, vous planez ou quoi ? Je vous parle de sauver la peau de votre ami, Pierre Clarens, de lui faire peut-être gagner quelques années de prison, et vous,

vous avez cette pudeur mal placée, ce prétendu excès d'humilité au nom de Suzanne Gasper ?

Kernat s'emportait sur moi.

– Si votre amie Suzanne était ici avec nous, une femme d'action comme elle vous dirait bien sûr de foncer.

– Cela ne sera pas évident. Je sais qu'une de ces familles, les Peeters, n'habite plus Morelange, ils ont déménagé à Bruxelles juste après la Libération. Quant à l'autre famille qui aurait reçu les tickets de Suzanne et Pierre, ils s'appellent Durandeau, je crois. Je ne sais pas exactement où ils habitent…

– Mon vieux, vous vous démerdez ! Vous nous ramenez Monsieur ou Madame Durandeau ici à 14 h, pour la reprise de l'audience. Je ne vous demande que ça.

Avais-je vraiment le choix ? Moi qui n'avais pas le talent oratoire de Pierre ou de Me Kernat, au moins mon tissu relationnel et mon carnet d'adresses dans Morelange devaient m'aider à retrouver, in extremis, l'une des familles qui avait bénéficié des services de Suzanne et Pierre.

Encore fallait-il que ces gens veuillent bien témoigner ? Cela les dérangerait sûrement de dévoiler devant tout le monde qu'on les avait aidés financièrement. Chacun a sa dignité. Et puis, en juin 1945, d'après les échos que j'en avais, ils étaient très peu nombreux, ceux de Morelange qui étaient prêts à voler au secours de Pierre et Suzanne, étiquetés comme proches des Allemands.

À l'extérieur du palais de justice, le soleil écrasait déjà de toute sa hauteur cette journée de l'été naissant. Dégoulinant de sueur, le dos de ma chemise trempé, je marchai à grands pas au moins deux kilomètres jusqu'au quartier de la gare à Morelange, là où je pensais dénicher la maison des Durandeau.

Vers 13 h 15, enfin, deux gamins en vélo me désignèrent le bon endroit, une petite masure ballottée par les convois de marchandises qui circulaient sur la voie ferrée, à deux pas de l'habitation. Parsemés de mauvaises herbes et de pissenlits, des gravats de pierre, du sable, des pneus et des morceaux de planches en bois étaient accumulés devant la maison.

Madame Durandeau m'accueillit seule sur le pas de la porte. Son mari travaillait toute la journée à l'usine sidérurgique de Longwy qui avait repris normalement ses activités après la guerre.

– Monsieur, je veux bien vous rendre service, mais j'ai cinq enfants, dont les deux petits derniers sont encore ici avec moi, à la maison. Je n'ai personne pour les garder en mon absence.

Madame Durandeau me semblait une gentille personne.

– Vous avez bien une voisine ? Une parente, pour garder les petits ?

– Oh, comme vous y allez… Vous tombez comme cela chez moi, à l'improviste, et vous me demandez d'abandonner tout sur-le-champ.

– Pardonnez-moi, Madame Durandeau. Mais ce sont les circonstances qui me l'imposent. Je vous demande ce geste, vraiment. Vous pouvez sauver Pierre Clarens, à votre niveau.

– Je vais voir, je vais voir. Je ne vous promets rien… Je vais essayer.

Je pris congé de la dame. Derrière son foulard rouge et beige sur la tête et son tablier de grosse toile bleu, Eugénie Durandeau avait dû être, plus jeune, une jolie femme avec des yeux bleus profonds et un nez aquilin parfaitement dessiné. Mais après cinq grossesses et un travail ménager harassant, Madame Durandeau avait pris quelques rondeurs qui lui avaient fait perdre des atouts de sa féminité.

Après tout, on s'en fichait pas mal, de la féminité perdue d'Eugénie Durandeau. Tout ce qui comptait, c'était qu'elle accepte de témoigner en faveur de Pierre.

# 19

Je revins juste à temps pour la reprise des débats au palais de justice. Il était 14 h 07. Le temps qu'intervienne le dernier témoin de l'accusation, Madame Durandeau pouvait encore se permettre d'arriver pour nous, la défense, à 14 h 20 ou 14 h 30 au plus tard.

Qu'allait-il arriver à Pierre ? Emprisonné depuis neuf mois déjà, combien d'années de prison supplémentaires allait-il encore devoir subir ? Pourrions-nous influencer le siège du tribunal en faisant parler cette brave Madame Durandeau ?

Le bâtonnier Jules Michaux fut annoncé par l'huissier. Cet homme était très impressionnant avec sa barbe blanche taillée de près. S'aidant d'une canne pour progresser jusqu'à la barre des témoins, le vieil avocat de quatre-vingts ans était honoré de ses pairs. Il était l'autorité morale et naturelle du barreau de Morelange. Maîtrisant à fond la doctrine et la jurisprudence, ses conseils et ses avis étaient chaque fois empreints de bon sens. Et puis le vieux Michaux était surtout l'incarnation du courage et de la résistance. Lancé très jeune en politique, il était déjà échevin de l'Enseignement à Morelange durant la Première Guerre mondiale. En 1917, il avait été déporté dans le nord de l'Allemagne, à Hanovre, pour s'être opposé à la germanisation des écoles primaires communales à Morelange. Son retour au pays en décembre 1918 avait été triomphal. Depuis lors, dans sa petite ville, Jules Michaux était une sorte de vieille icône, un dieu vivant ! Plus vénéré que le célèbre historien local Godefroid Kurth qui avait, en vain, quelques années plus tôt, tenté de germaniser toutes les écoles de Morelange.

Au mois de novembre 1941, les Allemands l'avaient écarté une nouvelle fois de ses fonctions politiques en raison de ses idées patriotiques : Michaux avait dû abandonner son poste de premier citoyen de Morelange, de bourgmestre comme on les appelle en Belgique. Il en avait conservé quelque aigreur envers les nazis.

– C'est parce qu'on m'a écarté comme bourgmestre que j'ai cessé très rapidement de plaider devant le *Kriegsgericht* allemand. Ce n'est pas à cause de mon âge, tint à préciser le bâtonnier Michaux devant le conseil de guerre, comme pour se démarquer d'emblée de Pierre Clarens.

– Par rapport aux faits d'intelligence avec l'ennemi qui sont reprochés au prévenu, qu'avez-vous à nous dire, Monsieur le bâtonnier ? interrogea le président Grammont.

Avec une certaine théâtralité, le vieux bâtonnier tourna lentement sa tête en direction du box des accusés.

– Pour moi, il n'est pas possible qu'un homme ayant le sens commun, un intellectuel comme M^e^ Clarens, ait pu ignorer les buts réels du *Sprachverein*. En plus de ce mouvement prétendument culturel, toute une organisation de propagande avait été mise en place. Je ne vais pas tourner autour du pot : je suis arrivé à la conclusion que M^e^ Clarens est un être amoral au sein de notre barreau ! C'est surtout pour gagner de l'argent qu'il a défendu ses compatriotes devant le *Kriesgericht*.

Coincé entre deux gendarmes, Pierre protestait :

– Voyons, M^e^ Michaux, rappelez-vous. Cela doit remonter à 1942 ou 1943. Je suis venu vous demander conseil dans un couloir du palais de justice. Je voulais savoir si, en tant que bâtonnier, vous m'autorisiez à plaider dans une affaire civile pour la nouvelle administration de la ville de Morelange installée par l'occupant.

– Non, je ne me rappelle pas que nous ayons abordé cette question. Vous n'avez pas sollicité une autorisation du barreau.

– Mais enfin, vous avez la mémoire courte ou alors une mémoire très sélective ! s'indigna Pierre, avant de se rasseoir.

L'auditeur Palmier prit la parole.

– Il est temps de rétablir la vérité en ce qui concerne les sommes d'argent que le prévenu aurait gagnées. M^e^ Michaux, en tant qu'avocat, vous avez parfois travaillé avec M^e^ Clarens sur certains dossiers. Vous avez eu des clients en commun et avez partagé des honoraires. Vous vous souvenez, par exemple, de ce vol de bestiaux à la frontière française ?

– Bien sûr, je m'en souviens ! J'avais deux clientes et leur ai demandé 500 francs belges d'honoraires à chacune. Clarens, qui n'avait qu'un seul client, lui a réclamé 5 000 francs !

Il y eut à nouveau des réactions dans le public. « Tout cet argent, c'est honteux ! » dit une dame à voix haute depuis la rangée juste derrière moi.

– Avez-vous quelque chose à ajouter ? demanda le président Grammont au témoin M^e^ Michaux.

– Non, je crois que j'ai tout dit... Ah si, je tiens à préciser encore que le prévenu a subi une grosse influence de la part de sa femme.

– Qu'est-ce que ça vient faire ? On ne juge pas ici Madame Suzanne Gasper ! Ou du moins, pas encore. M^e^ Kernat protestait depuis le banc de la défense.

– Poursuivez, M^e^ Michaux, poursuivez, reprit le président Grammont.

– Oui, pour moi, Madame Gasper a exercé une mauvaise influence sur son mari. Ou son compagnon, c'est selon. Pierre Clarens, je l'ai bien connu avant la guerre. Jeune avocat, il débutait dans le métier. Un garçon intelligent, avec plein d'idéal. Puis il a rencontré cette femme... avec ses idées subversives. Elle lui a tourné la tête. Rendez-vous compte, en pleine guerre, elle osait venir en classe, au lycée, avec *Le Pays réel* dans sa mallette. Cette femme aurait dû être écartée de l'Éducation nationale. Avec ses robes à la dernière mode et ses permanentes dans les cheveux, elle n'en avait jamais assez pour faire rentrer de l'argent à la maison. Le couple Clarens-Gasper voulait continuer à mener la grande vie. C'est pour cela que M^e^ Clarens s'est affilié au *Sprachverein*.

Nous étions K.-O. debout. Avec ce témoignage accablant du vieux Michaux, l'accusation avait pris dix longueurs d'avance.

J'étais d'autant plus inquiet qu'il était 14 h 40 et que mon témoin, Madame Durandeau, n'était toujours pas arrivé. Bon sang, elle n'allait pas nous laisser tomber, celle-là, son témoignage était capital ! Pour gommer l'impression détestable laissée par M^e^ Michaux, il suffirait à Eugénie Durandeau, en deux minutes, de confirmer qu'elle avait reçu des tickets de rationnement de Pierre et Suzanne.

Depuis le banc de la défense, M^e^ Kernat me lança un regard interrogatif et désespéré. Que faisait donc Madame Durandeau ?

Alors que le président Grammont s'apprêtait à donner la parole à l'auditeur Palmier pour son réquisitoire, la porte de la salle d'audience s'ouvrit. Une grosse dame fit son entrée. Elle s'épongeait le front avec un mouchoir et tenait à la main deux petits garçons de moins de six ans. L'huissier alla à sa rencontre.

M^e^ Kernat se leva, sourire aux lèvres :

– Monsieur le président, si Monsieur l'auditeur vient de nous présenter son témoin de la dernière heure, nous aussi avons un dernier témoin à vous soumettre. Il faut respecter les droits de la défense.

– Bien, mieux vaut tard que jamais. Mais je n'aime pas beaucoup ces rebondissements et ces témoins qu'on sort de son chapeau, inconnus du dossier répressif. Avancez tout de même à la barre, Madame, et déclinez-nous vos nom et prénom, fit le président Grammont.

Eugénie Durandeau était très impressionnée par tout ce décorum et le cérémonial du procès. À la question du président qui l'interrogeait sur son âge, elle fut incapable de répondre et bredouilla, après plusieurs secondes d'hésitation : « Je suis née le 2 mars 1901. »

– Vous avez donc 44 ans ! dit le président. Alors Madame Durandeau, il paraît que vous avez des choses à nous dire à propos du prévenu. Je vous écoute…

Eugénie Durandeau gardait la tête baissée en direction du sol, comme cherchant désespérément ce qu'elle devait dire au plus profond de sa mémoire.

– Madame, si la défense a pris l'initiative de vous convoquer ici, devant le conseil de guerre, c'est sans doute parce que vous pouvez contribuer à faire progresser la vérité judiciaire. Je comprends que les faits soient anciens, que vos souvenirs se brouillent avec le temps. Mais dites-nous simplement, oui ou non, si le prévenu, Pierre Clarens, vous a aidée pendant la guerre ? Le président Grammont restait étonnamment calme. Ce n'était pas la première fois qu'il était confronté à un témoin qui perdait tous ses moyens devant un tribunal.

Eugénie Durandeau avait apparemment perdu l'usage de la parole.

Après plusieurs secondes qui me semblèrent une éternité, elle releva enfin la tête et, d'une voix chevrotante, elle prononça ces mots :

– Je n'ai rien de spécial à dire. Pardon, mais je ne me souviens de rien.

Du haut de l'estrade, l'auditeur Palmier bondit.

– Il est fameux, votre témoin ! En fait, elle n'a pas la mémoire qui flanche. Je crois plutôt qu'elle se dégonfle, fit Palmier, jubilant.

– Poule mouillée ! lança quelqu'un dans le public.

Restée très discrète depuis la fin de la matinée à la suite des injonctions du président, la salle se laissa cette fois complètement aller dans un éclat de rire généralisé.

– Poule mouillée ! Poule mouillée ! répétaient certaines personnes, alors que d'autres s'amusaient à caqueter comme de la volaille.

– Silence messieurs, dames, je clos les débats, dit fermement le président Grammont. Nous allons entendre le réquisitoire de Monsieur l'auditeur militaire. Mais avant cela, comme c'est la procédure, je donne une dernière fois la parole au prévenu. Monsieur Clarens, qu'avez-vous à ajouter pour votre défense ?

– Pas grand-chose, Monsieur le président. Je n'en veux pas à cette dame qui a sûrement été trop impressionnée par votre tribunal. Je ne vous dirai qu'une chose. On veut me faire passer pour un Boche. Mais je suis un bon Belge. J'ai fait ce que peu de Belges auraient osé faire. On veut me salir et m'anéantir. Mais c'était mon devoir de plaider devant le conseil de guerre allemand.

Puis Pierre se détourna du micro et se rassit sur son siège.

Fusillé du regard par M^e^ Kernat, je sortis précipitamment de la salle d'audience pour intercepter Madame Durandeau qui allait retourner chez elle. Je retrouvai la dame assise sur un banc de pierre dans la salle des pas perdus du palais de justice. Elle sanglotait et séchait ses larmes dans un gros mouchoir blanc à bords rouges. Indifférents à la détresse de leur mère, ses deux petits garçons s'amusaient à courir l'un après l'autre et à jouer à cache-cache derrière les colonnes de la grande salle.

– Je suis désolée, je suis vraiment désolée, Monsieur Jaminet. Je n'ai pas pu. C'était trop dur pour moi…

– Qu'est-ce qui était trop dur, Madame Durandeau ? Je l'interrogeais d'une voix douce, pour ne pas la brusquer.

– Comprenez-moi. J'ai mon aîné, le Jean-Louis. Il a vingt et un ans et va rentrer comme cantonnier à la commune de Morelange. On m'a promis une place pour lui. Comment voulez-vous que je me mette mal avec les autorités communales de Morelange ? Si j'avais dit les choses pour M^e^ Clarens comme ça s'est passé, les échevins de Morelange n'auraient pas apprécié. Mettez-vous à ma place. Et c'est le Jean-Louis qui aurait trinqué. Le pauvre, il est bien courageux, mais déjà qu'il n'a pas de chance avec son pied bot. Pour une fois qu'on lui promet un emploi… Et Eugénie Durandeau se remit à pleurer de plus belle.

Je retournai alors vers la salle d'audience. Palmier en avait presque terminé avec son réquisitoire. Pour une fois, il pouvait intervenir avec plus de sobriété. Le témoignage très sévère du vieux bâtonnier Michaux, la mémoire défaillante de Madame Durandeau, tout cela était du pain bénit pour l'accusation. Palmier insista dans sa conclusion sur le caractère intellectuel du prévenu qui aggravait sa responsabilité dans les faits causés.

– Vous ne devez pas être leurrés par les faux prétextes que Monsieur Clarens invoque. Le prévenu s'est bien rendu coupable du crime de trahison et d'intelligence avec l'ennemi. Je réclame contre lui une peine de 10 ans de prison, clama à haute voix l'auditeur Palmier, tel Fouquier-Tinville face au tribunal révolutionnaire.

Restait dès lors une ultime cartouche pour permettre à la défense de sauver Pierre coûte que coûte.

Me Kernat, avec beaucoup de talent oratoire, ne voulait pas perdre pied dans sa plaidoirie. D'emblée, il dit :

– 10 ans de prison, c'est bien sûr excessif. Envoyez-le au bagne, à Cayenne, tant que vous y êtes !

Me Kernat voulut démontrer que Pierre Clarens s'était sans doute comporté comme un grand nombre de ses compatriotes, qui n'étaient pas des inciviques pour autant. En 1936 et 1937, avant la guerre, il s'est fait membre, comme des milliers de Belges, du parti populaire Rex, puis il s'est retiré assez vite de cette mouvance dès qu'il apprit que le leader de Rex, Degrelle, était parti en visite officielle en Allemagne.

– Pierre Clarens n'a jamais cru à la victoire allemande après 1940. Il l'a dit à plusieurs de ses clients, il l'a répété à des gendarmes qu'il côtoyait dans son travail. Il leur a affirmé, je cite, que « la lutte serait très dure et longue ».

Me Kernat lut la déposition, reprise dans le dossier, d'un brigadier de gendarmerie : « *Me Clarens nous a toujours mis au courant de l'état de la guerre et de sa confiance dans la victoire alliée. Il s'est plusieurs fois risqué, à la prison de Morelange, à passer des paquets aux détenus politiques et à entrer en contact avec eux. Il connaissait bien le trafic de correspondances auquel moi, premier verbalisant, je me livrais à la prison. Il ne m'a jamais dénoncé !* »

Dès son adhésion au *Sprachverein*, Pierre en avait informé l'un de ses frères, qui dirigeait une section locale de l'Armée Blanche. Le frère Clarens et les résistants savaient que l'appartenance à ce mouvement était le moyen, pour Pierre, de mieux venir en aide à des patriotes via des messages ou des colis à faire passer dans la prison.

En fin de sa plaidoirie, avec beaucoup de pertinence, Me Kernat reprit l'avis émis par le bâtonnier Michaux lui-même et le conseil de l'Ordre du barreau de Morelange en avril 1918. Lors de la Première Guerre mondiale, Michaux et les autres avocats avaient dû déterminer quelle serait leur attitude à adopter face aux tribunaux de guerre installés par l'occupant à Morelange.

– Me Michaux, qui se permet aujourd'hui de donner des leçons de morale et de déontologie à mon client, affirmait ceci, il y a vingt-sept ans, souligna Me Kernat sur un ton ironique : « Considérant que le droit de la défense est sacré et qu'il doit être exercé devant tous les tribunaux où se produit l'accusation… Le droit de défense est le devoir le plus impérieux lorsqu'il est de nature à éviter un malheur irréparable, par exemple l'exécution d'un citoyen belge à la suite d'une condamnation à mort. » Ce droit de la défense, si cher à Me Michaux et à tous les avocats de Morelange il y a vingt-sept ans, c'est uniquement cette finalité qu'a recherchée Me Clarens devant le conseil de guerre allemand. Et si l'adhésion au *Sprachverein* pouvait lui permettre d'éviter des condamnations à mort devant le *Kriegsgericht*, eh bien je dis que Me Clarens a bien fait ! Parfois, la fin justifie les moyens. Mon client, Pierre Clarens, n'a fait qu'obéir à sa conscience. Et sa conscience est pure et honnête, je vous l'assure. Elle n'est pas souillée par toutes les mesquineries et calembredaines qu'on a pu vous déverser ici, devant votre tribunal. J'en ai terminé, Monsieur le président. J'ai confiance dans le jugement que vous rendrez.

Le président Grammont annonça qu'il mettait l'affaire en délibéré et rendrait son jugement le lendemain matin.

La plaidoirie du jeune avocat Kernat m'avait mis du baume au cœur. Il avait ressorti des arguments qui n'avaient pas encore été soulevés, il avait pu tempérer les excès de l'auditeur Palmier et le témoignage terrible du bâtonnier Michaux.

Je dormis pour la première fois depuis bien longtemps une nuit pleine. J'attendais le jugement avec confiance.

À 9 h, le lendemain matin, j'étais un des premiers arrivés dans la salle d'audience pour entendre la lecture du prononcé. Ma déception fut à la hauteur de mes espérances. Pierre fut reconnu coupable de crime de trahison et d'intelligence avec l'ennemi. Le couperet tombait : Pierre écopait d'une peine de sept ans de prison et de l'interdiction définitive de ses droits civils et politiques.

La sanction était extrêmement sévère. Certes, le tribunal n'avait pas été jusqu'aux dix ans réclamés par le ministère public, mais cet emprisonnement de sept ans couplé à l'exclusion des droits de citoyen signifiait une mort civile pour Pierre. La fin de son métier, de sa passion d'avocat. Sa radiation du barreau. Une vie brisée. Et Suzanne dans tout cela ?

Un des attendus du jugement me choquait en particulier. Il y était mentionné ceci : « Il n'est pas prouvé que le prévenu n'aurait pas rendu les mêmes services ou obtenu ses acquittements devant le conseil de guerre allemand s'il n'avait pas fait partie du mouvement *Sprachverein.* Il apparaît bien avoir agi par intérêt et esprit de lucre. »

Avec M^e^ Kernat, l'avocat de Pierre, nous étions stupéfaits par ce renversement de la charge de la preuve. Alors que c'était au ministère public de prouver la culpabilité de Pierre, voilà que le jugement affirmait au contraire que Pierre n'était pas parvenu à prouver son innocence : « Il n'est pas prouvé que le prévenu n'aurait pu obtenir ses acquittements s'il n'avait pas fait partie du *Sprachverein.* »

« Nous irons en appel. Nous irons en appel à Liège ! Avec un tel raisonnement juridique vicié, le jugement de Morelange sera réformé ! » martelait le jeune Paul Kernat.

En attendant cet appel hypothétique qui prendrait sans doute plusieurs mois, le mal était fait. Pierre était bel et bien condamné à sept ans de réclusion. Une éternité. Retirer sa voix de plaideur à un avocat, c'est le condamner à une mort lente. Comme si l'on sectionnait les doigts d'un chirurgien ou d'un pianiste.

Des relents de nausée m'envahirent dans l'arrière-gorge. Je me sentais muselé, ligoté, comme un oiseau à qui on avait coupé les ailes et qui ne pourrait plus jamais s'envoler. Comment allais-je annoncer la nouvelle à Suzanne ?

Si Pierre avait pu bénéficier d'un jugement plus clément, sans doute Suzanne y aurait puisé quelque force pour préparer au mieux son propre procès, pour expliquer aux magistrats, devant tout le public, qu'elle et Pierre n'avaient jamais collaboré avec l'ennemi.

Mais avec cette peine d'emprisonnement très lourde pour Pierre, j'avais la nette impression que j'allais anéantir Suzanne, la priver de la petite bouffée d'espérance qui fait parfois croire que l'aube du lendemain sera plus belle que le crépuscule de la veille.

# 20

Suzanne fut tout étonnée de ne plus voir la tourterelle tournoyer aux abords du nid. Le mâle, lui aussi, semblait avoir déserté les lieux. Mais le nid n'était pas vide pour autant. De nouveaux occupants y avaient élu résidence. Depuis la fenêtre de sa cellule à la prison de Namur, Suzanne Gasper découvrit que des moineaux, venus en bandes très exubérantes, avaient chassé le couple de tourterelles et squattaient à présent leur nid.

Les moineaux semblaient très menus par rapport aux tourterelles, ils n'atteignaient pas le quart de leur taille. Mais ils étaient dix fois plus nombreux et s'ébattaient avec beaucoup de bruit.

Suzanne put constater, de loin, que le nouvel envahisseur n'avait même pas respecté la confection du nid de la tourterelle. À la place, les moineaux avaient improvisé un nid hybride, peu structuré, fait d'un peu de paille et d'herbe.

Suzanne eut un instant l'impression que le couple de tourterelles cherchant désespérément le salut, c'était elle et Pierre, et que les hordes de moineaux, avec le dos de leur plumage brun et gris, ressemblaient aux troupes allemandes venues bruyamment, avec leurs bottes, envahir et détruire les nids douillets de familles belges et françaises.

– Madame Gasper, il y a un Monsieur qui vous attend au parloir !

– Pour moi ?

– Ben oui, pour vous. Pas pour le pape, ni pour la voisine ! Vous avez de ces réflexions... Vous devriez y aller tout de suite, au parloir. Cela vous fera du bien.

Ghislaine, la grosse gardienne dans sa section de la prison, Suzanne l'aimait bien après tout. Elle n'avait sans doute pas inventé le fil à couper le beurre, mais Ghislaine n'avait pas le cœur aussi sec qu'une endive, comme on aurait pu le croire.

– Ah, Hervé, je pensais bien que c'était toi ! Ne tire pas une tête d'enterrement comme ça. Je suis déjà au courant pour Pierre, fit Suzanne en s'asseyant face à moi à une petite table au parloir.

– Comment cela ? On ne t'a pas encore écrit, on ne t'a même pas téléphoné. C'est moi qui étais chargé de te communiquer les résultats du procès de Pierre.

– Oui, mais il y a eu des articles dans les journaux. En plus, les infos « tam-tam » circulent très vite à travers les couloirs de la prison. Je t'avoue, Hervé, quand j'ai appris cette condamnation de Pierre, j'ai d'abord eu un sentiment de profond dégoût, de terrible injustice. Je me suis dit : « Quelle Justice pourrie ! » Tout était pipé d'avance. On n'a rien pardonné à Pierre d'autant plus qu'il était avocat. L'auditeur militaire, Palmier, avait une dent contre lui. Puis j'ai réfléchi, et au fil des heures, juste après ce nouveau drame qui va encore nous éloigner davantage, Pierre et moi, je me suis dit que c'était sans doute une ultime épreuve pour tester la force de notre couple, la résistance de notre amour.

– Tu parles d'un test ! C'est la catastrophe, oui. Pierre a écopé de sept ans de prison. Comment faire pour l'en sortir ?

– Je pense à autre chose, Hervé. Pendant la guerre, des milliers de femmes, d'hommes, ont perdu la vie. Des enfants sont morts de faim, d'autres n'ont jamais pu revoir leurs parents. Mais nous au moins, Pierre et moi, même incarcérés, nous sommes toujours vivants ! Ils ne nous auront pas. Pierre va faire appel de son jugement. Moi, c'est impossible qu'ils me condamnent à une peine aussi sévère que la sienne. Oserais-je te l'avouer, j'ai encore le secret espoir qu'ils m'acquittent. Hervé, connais-tu le poète lyrique allemand Hölderlin ?

– Hölder… quoi ?

– Hölderlin, Friedrich Hölderlin. Il a vécu à la fin du XVIII^e^ siècle jusqu'en 1843. Ce poète allemand ne connut pas la gloire de son vivant, mais il a directement inspiré des auteurs majeurs comme Schiller ou Rainer Maria Rilke. Tu te souviens de Dieter Hoffman, l'officier allemand qui venait souvent chez nous, à la maison. Le dernier soir où il est venu manger, la veille de mettre fin à ses jours, Dieter m'avait offert un des recueils de poésie d'Hölderlin, traduit de l'allemand en français. J'ai gardé précieusement cet ouvrage ici, à la prison. Comme un livre de chevet. Il y a une phrase de Hölderlin à laquelle je pense toujours : « Que serait la vie sans l'espérance ? »

Selon Suzanne, Pierre pouvait espérer un acquittement en appel devant la cour militaire ou, au pire, sa peine serait ramenée à trois ou quatre ans de prison. Suzanne l'attendrait.

– Nous serons jeunes encore, me dit-elle, nous pourrons encore défendre des causes, nous battre pour des idées, nous extasier devant une aquarelle, respirer le vent, sentir l'odeur de la pluie, arroser des géraniums, contempler le soleil couchant, pédaler à vélo jusqu'à la forêt de Grimonprez. La vie n'est pas finie pour nous.

Une fois encore, Suzanne Gasper m'avait bluffé par son courage à tout crin. Quelle ténacité incroyable montrait donc cette femme à dépasser tous les obstacles et à croire jusqu'au bout en sa bonne étoile ?

Avant que je ne prenne congé d'elle, Suzanne me dit encore qu'elle venait de lancer à la prison une sorte d'atelier de devoirs. Elle y passait des dizaines d'heures à rappeler à d'autres détenues des règles élémentaires d'orthographe, de calcul, que toutes ces femmes avaient oubliées. Savoir rédiger un courrier. S'exprimer en public.

– Elles en auront bien besoin lors de leur réinsertion plus tard dans la société, ajouta mon amie pédagogue.

Suzanne avait retrouvé un terrain d'expression, à défaut du lycée. C'est fou ce qu'elle me semblait à présent presque épanouie. À part l'absence de Pierre, la privation de liberté ne l'avait apparemment pas trop marquée. Ses premiers mois d'incarcération avaient été difficiles, en raison de la promiscuité entre prisonnières politiques, délinquantes de droit commun et prostituées qui partageaient toutes les mêmes douches, les mêmes réfectoires. Mais après ces premiers mois, Suzanne avait réussi à trouver ses marques. Mieux, elle me prétendait presque se plaire en milieu carcéral !

– Il y a tant de choses à améliorer ici, me dit-elle encore lors de ma visite à Namur. C'est moi que les autres détenues ont désignée comme porte-parole pour rencontrer la direction de la prison. Je suis en quelque sorte leur déléguée syndicale. Ce rôle me plaît. Il m'aide à améliorer nos conditions de vie, à accroître l'hygiène dans la prison, à renforcer nos faibles droits de prisonnières.

Début du mois d'août 1945. On revit. La guerre est définitivement derrière nous. J'éprouve un plaisir indicible à retrouver ces longues soirées d'été au clair de lune, sans craindre les fracas des bombes ni l'arrivée impromptue de gestapistes qui, il y a peu de temps encore, entraient par effraction dans nos maisons avec leurs longues vestes de toile cirée. Désormais, tout cela fait partie des cauchemars du passé.

Ce soir, je me suis surpris à fredonner. Il y a des années que cela ne m'était plus arrivé. J'ai écouté à la radio la nouvelle chanson de Lucienne Boyer, l'interprète qui nous berçait déjà par son *Parlez-moi d'amour* quand j'étais enfant. Sa nouvelle composition, *Rêver*, me donne la chair de poule avec en arrière-fond son violon et son piano incandescents :

« *Rêver de toi, la nuit, le jour*
*Rêver toujours, au fil des heures*
*Jeter au ciel des mots d'amour*
*Crier ma peine au vent qui pleure.* »

À qui ai-je rêvé, ce soir-là ? À la femme aimée et inconnue que je n'ai pas encore pu rencontrer ? Ou bien à Suzanne, la femme de mon ami, celle qui incarne la femme idéale à mes yeux, mais aussi celle que je ne pourrai jamais vraiment aimer parce qu'elle est précisément la femme de mon ami ?

J'ai cueilli les dernières groseilles rouges qui restaient dans le jardin. J'en ai avalé plein. Beaucoup trop. Pas encore assez. Leur jus, sur ma langue, avait le goût de la liberté retrouvée.

Retrouverons-nous vraiment un jour nos illusions perdues ? Auschwitz nous a révélé jusqu'où pouvait atteindre la barbarie. Jusqu'à l'indicible.

Ce 8 août 1945, l'homme s'invente une nouvelle forme d'arme suprême, terrifiante, qui annihile toute morale : la bombe atomique. Cent mille Japonais en meurent à Hiroshima et Nagasaki. Hiroshima, mon amour. Alain Resnais en fera un film sublime plus tard. Son héroïne aussi était une victime, la tête tondue… « Je devins sa femme dans le crépuscule, le bonheur et la honte », dit la femme tondue dans le film de Resnais.

Moi, je n'ai jamais été honteux de Suzanne Gasper et de sa tête rasée. J'étais même très fier d'elle.

24 août 1945. Toute la communauté de Morelange s'est rassemblée sur les hauteurs de la ville, à la lisière d'une forêt, pour rendre hommage aux cinq victimes innocentes des Allemands, un an plus tôt.

En août 1944, un commerçant de Morelange, réputé proche des nazis, avait été abattu par des francs-tireurs de la Résistance. En représailles, la Gestapo, passant outre les recommandations du capitaine Dieter Hoffman, s'était emparée de cinq habitants de Morelange et les avait fusillés.

Un an plus tard, une stèle est inaugurée à la mémoire des cinq victimes, à l'endroit même où ils furent lâchement abattus et abandonnés. Je suis venu là avec toute une classe de lycéens. En tant que prof d'histoire, je dois conscientiser nos chères petites têtes blondes aux nobles valeurs du civisme.

L'instant est grave en lisière de la forêt, l'air chargé d'émotion. Tout le monde retient son souffle. Le directeur du lycée, Hector Romains, par ailleurs président de l'association morelangeoise en faveur des prisonniers de guerre, prend la parole. Il s'exprime avec beaucoup d'incantation dans la voix, avec des trémolos et des vibrations, comme les anciens acteurs de théâtre. Si le moment ne dégageait pas une telle gravité, j'en rirais presque. Trente-quatre ans plus tard, j'entends encore dans ma tête la voix du père Romains ; il me fera penser plus tard aux discours d'André Malraux et à sa voix tremblante d'outre-tombe.

Romains cite Victor Hugo et ses poèmes *Les Chants du crépuscule* : « Ceux qui pieusement sont morts pour la Patrie ont droit qu'à leur cercueil, la foule vienne et prie. »

La population de Morelange est venue en nombre. Elle prie. Victor Hugo aurait été content. Hector Romains caresse d'un doigt ses moustaches.

Devenu maire de Morelange depuis quelques mois, le docteur Arnaud prend à son tour la parole. Le père de Nora – l'élève rebelle dans la classe de Suzanne – en remet une couche et oublie carrément la séparation des pouvoirs prévue pourtant dans la Constitution depuis Montesquieu.

– Je réclame une condamnation judiciaire exemplaire pour tous ceux qui ont dépassé la ligne rouge pendant la guerre et qui se sont placés dans les rangs de l'ennemi, avance le Dr Arnaud.

Arnaud n'est pas sot. Il sait pertinemment que le procès de Suzanne Gasper va débuter dès la semaine suivante. Alors le docteur Arnaud a eu l'envie de bien conditionner l'opinion publique, de la chauffer à blanc. Le nouveau maire mesure aussi parfaitement la portée de son discours qui sera relayé le lendemain ou deux jours plus tard dans toute la presse régionale.

Pas encore jugée, Suzanne n'est déjà plus qu'une bête blessée, lancée dans l'arène. On n'aura plus qu'à lui planter des banderilles, puis à l'achever pour de bon.

# 21

3 septembre 1945. Avec des collègues enseignants, j'ai donné rendez-vous à nos élèves de 5$^{e}$ et 6$^{e}$, dès 8 h le matin, devant l'entrée du lycée. Ces grands adolescents de seize à dix-huit ans – une trentaine – ont été convoqués comme témoins devant le conseil de guerre de Morelange. Ils devront y dire, sur la foi du serment, si à leurs yeux leur ancien professeur Suzanne Gasper a « fait de la propagande pour l'ennemi » dans le cadre de ses cours.

Hector Romains ne tolère pas qu'un seul étudiant se dérobe à ces témoignages devant la Justice. Notre directeur les considère comme un devoir civique de première importance. C'est pourquoi Monsieur le directeur a expressément commandé un autocar pour transporter tout ce petit monde du lycée jusqu'au palais de justice, sur une distance qui ne devait pourtant pas excéder quatre kilomètres !

Ce que Monsieur Romains n'avait pas prévu, c'est que, quelques secondes avant le départ du car, des parents apparemment très nerveux, rejoints par des énergumènes venus de quartiers du centre, commencèrent à taper avec leur poing contre la carrosserie de l'autocar.

Ils scandaient des slogans hostiles à Suzanne Gasper. Certains avaient même emmené avec eux des calicots en bois, porteurs d'inscriptions : « Les traîtres doivent payer. », « Gasper ne doit plus jamais enseigner à nos enfants. », « Condamnez-la comme son mari. », « Malheur aux élèves qui ne diront pas la vérité ! »

Comme Hector Romains semblait une fois de plus dépassé par les événements, je pris sur moi l'initiative de courir jusqu'à l'intérieur du lycée. J'entrai dans mon bureau au secrétariat et je composai le numéro de téléphone de la gendarmerie de Morelange. Dans les cinq minutes, une dizaine de gendarmes étaient sur les lieux. Ils formèrent aussitôt un cordon de protection autour du car pour déjouer ces mouvements de pression. Le véhicule transportant les élèves put enfin prendre la route et acheminer les adolescents à bon port au palais de justice.

J'ai vraiment eu peur ce matin-là. Je me suis dit que si tout le procès de Suzanne était à l'image de ces mouvements populaires autour de l'autocar, il fallait craindre le pire pour la suite…

Quelques heures plus tard, le président Grammont voulut rassurer tout le monde. Le magistrat respecté, qui assurait à nouveau la direction des débats au conseil de guerre, rappela aux jeunes témoins la valeur de leur serment et affirma avec beaucoup de solennité qu'aucun d'entre eux n'avait l'intention de tronquer sa déposition. « Vous êtes citoyens belges de ce pays, tous inaccessibles à la peur. »

« Le conseil de guerre ! » La voix criarde de l'huissier d'audience obligea le public à se lever. Le rituel était bien huilé. Comme à la messe quand le prêtre fait son entrée. La religion, d'ailleurs, n'était jamais très éloignée du cadre judiciaire. Je levai les yeux et observai de près le crucifix placé derrière la grosse tête du président Grammont. Dieu, je le savais, ne pouvait interférer dans la justice des hommes. Mais dans ma tête, je me fis pourtant une prière. À ma façon. J'implorai le Ciel, s'il existait, de donner un petit coup de pouce aux innocents. Jésus, Marie, Joseph, et tous les saints du paradis, faites en sorte que le président Grammont et ses acolytes, les juges militaires, puissent faire le tri entre le bon grain et l'ivraie. Qu'ils aient la clairvoyance d'absoudre Suzanne Gasper de tous ses « péchés ».

Pour dire vrai, le conseil de guerre ressemblait de loin, mais vraiment de très loin, au paradis. Avec ses bottes de cuir luisantes qu'il faisait craquer sur le plancher de la salle, avec sur le dos sa veste militaire *battle dress* tellement tirée à quatre épingles qu'elle semblait sortir à chaque fois de la blanchisserie, l'auditeur militaire Robert Palmier – une vieille connaissance – avait plus les traits d'un Lucifer ricanant que d'un bon saint Pierre ouvrant les portes du paradis.

L'habit ne fait pas le moine, dit-on. Porteur de son éternel nœud papillon qui le rendait a priori original et sympathique pour des yeux non avertis, Palmier était en réalité réfractaire à toute forme de cravate dont il estimait le nœud trop lent à discipliner. Car l'auditeur Palmier était un homme perpétuellement pressé. Pressé de nouer ses cravates. Pressé d'instruire ses dossiers. Palmier allait sûrement se montrer empressé de réclamer une justice exemplaire contre Suzanne.

« Faites entrer la prévenue ! » fit le président Grammont.

Escortée par deux gendarmes, menottée, Suzanne Gasper accéda à la salle d'audience par une porte latérale. Le plus souvent, les prévenus entraient dans la salle la tête basse, comme gênés et embarrassés. Il en alla tout différemment avec Suzanne. Elle porta son regard vers le public. Suzanne espérait peut-être y croiser quelques visages familiers – le mien en particulier – qui auraient pu l'encourager par un sourire ou un clin d'œil. Une petite marque de sympathie dans un contexte très stressant.

Mais déjà, cette première vision de Suzanne choqua beaucoup de personnes.

– Pour qui elle se prend, celle-là, à toiser tout son monde ? dit un homme dans le public, tout près de moi.

– Attends un peu, dès qu'on lui donnera son jugement, elle fera moins la fière, ajouta un deuxième.

Plusieurs citoyens « modèles », ceux qui n'avaient pas fait de pas de travers pendant la guerre, avaient la langue bien pendue pour dire tout le mal qu'ils pensaient de Suzanne Gasper.

La tenue vestimentaire de Suzanne aussi suscita pas mal de commentaires désobligeants. Ne voulant pas fuir ses responsabilités face à ses contradicteurs, Suzanne avait décidé de les regarder bien en face et de se montrer sous son meilleur jour : bien dans sa peau, décontractée, solaire. Sa longue chevelure châtain dénouée tombait en volutes sur ses épaules, comme au début de la guerre. Retenue à la taille par une ceinture de lin qui faisait ressortir un peu plus bas ses longues jambes galbées, Suzanne portait une robe légère bleu clair, avec un gilet blanc enfilé par-dessus. Elle tenait dans sa main gauche un sac en cuir brun foncé. Le tableau tout en fraîcheur qu'elle nous offrait était complété par de fins souliers de cuir en crêpe noir.

J'étais, à n'en pas douter, un des rares membres du public à bien connaître Suzanne. Je savais que si naturelle, si avenante, elle nous montrait là sa vraie personnalité. Mais il ne fallait pas non plus s'étonner si cette attitude de mon amie pouvait être perçue comme de la provocation par certains esprits grincheux.

Émile Grammont posa quelques questions à Suzanne. Il voulait qu'elle confirme si oui ou non elle avait tenu en classe, à plusieurs reprises, des propos favorables à l'Allemagne et dirigés contre les alliés de la France et la Belgique.

– Si c'est le cas, c'est grave, Madame. Vous avez favorisé la propagande de l'ennemi. Notre code pénal appelle cela un crime de trahison, fit le magistrat d'un ton solennel.

Suzanne répéta ce qu'elle avait déjà dit devant l'auditeur Palmier lors de son arrestation. Jamais elle n'avait voulu déborder de sa sphère de compétences stricte : son seul but était de donner un enseignement de qualité à ses élèves.

– J'ai voulu aiguiser leur sens critique pour que, plus tard, ils puissent être des citoyens responsables dans la société. Il m'était insupportable que ces jeunes consomment notre savoir de façon docile, molle, sans consistance. Si j'ai amené une fois ou l'autre le journal *Le Pays réel* en classe, c'était uniquement pour permettre aux élèves de prendre conscience de toute la nausée de cette littérature, avant de forger leur propre opinion. Mais vous l'ignorez sans doute, il m'est arrivé aussi de faire lire à mes élèves *La Libre Belgique* clandestine, un journal qui combattait les nazis.

L'auditeur Palmier interrogea à son tour la prévenue.

– Très souvent, devant vos élèves encore très influençables, vous avez tenu des propos critiques envers nos alliés. Par exemple, le 6 juin 1944, après le débarquement en Normandie, selon plusieurs élèves, vous avez annoncé que les Américains n'atteindraient peut-être jamais Paris. Alors, ces élèves, ils ont tous menti ?

– Non, ils n'ont pas menti. Je voulais par là leur faire prendre des distances par rapport aux messages de la propagande. Ne vous en déplaise, la propagande alliée distillée sur les ondes de la BBC pouvait être aussi orientée et subjective que la propagande ennemie. Après le débarquement, tout le monde tombait dans un optimisme béat, on voulait nous faire croire que la guerre serait finie en quelques jours. On voit ce qu'il en est advenu… Le mois d'août 1944 a été sanglant avec des milliers de civils innocents tués par les Allemands. Puis l'Allemagne a lancé durant l'hiver une terrible contre-offensive dans les Ardennes.

– Madame Gasper, en deux mots comme en cent, pendant la guerre étiez-vous avec nous ou contre nous ? interrogea Palmier.

– J'étais avec vous tous, bien sûr ! Pourquoi aurais-je été assez folle pour véhiculer la propagande allemande à travers mes cours ? Quel était mon but ? Montrer à mes élèves qu'en histoire, les faits peuvent s'avérer têtus, se répéter. On ne retient jamais assez les leçons du passé. Voyez la tentative de débarquement des alliés à Dieppe, en août 1942. On y croyait beaucoup aussi. Mais ce fut un fiasco. 2 000 soldats y sont morts. Je voulais partir de cette expérience pour faire comprendre aux élèves que tous nos soucis n'allaient pas nécessairement disparaître comme par enchantement après le débarquement du 6 juin 1944. De tout mon cœur, bien sûr, j'espérais secrètement la victoire des alliés, mais la raison et la culture historique m'incitaient toujours à la prudence.

Le président Grammont préféra clôturer l'interrogatoire de la prévenue. Suzanne niait avec beaucoup d'intelligence les préventions à sa charge. On s'enlisait. Grammont sentait bien qu'il fallait maintenant passer à l'audition des témoins pour faire progresser le débat.

Hector Romains fut le premier témoin appelé à la barre. La première chose qui me frappa en le voyant entrer dans la salle, ce fut… sa perruque. Celle-ci était devenue grise. Elle n'avait plus rien à voir avec l'affreuse moumoute à poils drus qu'il portait depuis des années et qui me faisait penser au paillasson du concierge du lycée. On ne pouvait le nier, notre directeur avait fait un effort capillaire important. Il voulait sans doute étrenner sa nouvelle apparence postiche pour les grandes occasions, comme nous le faisions avec un nouveau costume pour un mariage ou une communion. Le procès de Suzanne Gasper était l'une de ces grandes occasions. Les favoris et les tempes du père Romains ayant blanchi avec le temps, le directeur du lycée de Morelange avait opté pour une perruque grise, plus en concordance avec son âge.

Curieusement, malgré sa longue expérience, Hector Romains donna l'impression d'être mal à l'aise devant ce tribunal et cette jeune enseignante contre qui il avait dû batailler ferme pendant toutes ces années. D'une voix mal assurée, Romains dit : « Jamais je n'aurais dû recruter Mademoiselle Gasper dans mon école. Elle y a empoisonné l'âme des enfants. »

– Expliquez-vous, Monsieur Romains. Que voulez-vous dire exactement ? interrogea le président Grammont. La prévenue n'est tout de même pas empoisonneuse comme les Borgia ou comme Néron et sa mère Agrippine ?

– Non, rien de tout cela. Le poison que distille Mademoiselle Gasper dans nos têtes est plus subtil encore, il s'insinue et germe dans les cerveaux. Vous devez savoir qu'à l'origine, Mademoiselle Gasper a voulu introduire de plus en plus d'éléments féminins dans notre établissement. Cela a entraîné une pagaille monstre et faisait tourner la tête à nos garçons, totalement déconcentrés. Les femmes ont d'autres vocations que de faire carrière dans nos écoles, je vous l'assure.

Étonnamment, personne ne réagit à cette diatribe rétrograde d'Hector Romains. Seule Suzanne, depuis le box des accusés, demanda la parole. Elle usa d'une métaphore, comme elle aimait à le faire avec nous pendant la guerre.

– Monsieur le président, avez-vous déjà lu le livre de l'Anglaise Virginia Woolf, *Trois Guinées ?* Cet ouvrage a été publié en 1936, avant la guerre. Alors que le conflit mondial menaçait, Virginia Woolf y a dénoncé la domination des hommes sur les femmes ainsi que le monde de violence voulu par les hommes qui disposent de tous les pouvoirs.

Suzanne cita alors, de mémoire, un passage du livre de Virginia Woolf qui l'avait beaucoup marquée : *Il est rare qu'un homme soit tué sous la balle d'un fusil tenu par une femme. La vaste majorité des oiseaux, des animaux tués, l'a été par vous, les hommes, et non par nous, les femmes.*

– Monsieur le président, et vous tous ici dans la salle, sachez que le monde réussit à ceux qui entreprennent, à ceux qui prennent des risques, enchaîna Suzanne. Il faut aller au bout de ses rêves, même si ceux-ci peuvent parfois se confondre avec l'utopie. À l'instar de Virginia Woolf, j'aurais voulu moi aussi disposer de trois Guinées, trois sommes d'argent, pour transformer dans un premier temps notre école, et ensuite la société. Avec cet argent, nous aurions pu construire d'autres lycées, d'autres collèges, avec un enseignement axé sur le pacifisme universel. Nous aurions pu aider financièrement des jeunes filles qui réclamaient leur indépendance. Enfin, nous aurions peut-être retardé la propagation des guerres par la protection de la culture et des libertés individuelles.

Suzanne parlait, parlait. Avec fougue, avec lyrisme. Rien ne semblait pouvoir l'arrêter.

– Vous voyez ! Qu'est-ce que je vous disais ? Cette femme, c'est une révolutionnaire, une vraie empoisonneuse. Elle devrait être écartée de l'enseignement et ne plus avoir de contact avec des élèves, lança Hector Romains.

Le président Grammont invita le témoin Romains à conserver son sang-froid. « On ne juge pas ici les idées pédagogiques de Suzanne Gasper, mais ses idées politiques. Le seul objectif du conseil de guerre est de vérifier si l'accusée, par son comportement, a servi les desseins de l'ennemi. »

Le jeune avocat Kernat demanda alors à interroger le témoin.

– Monsieur Romains, est-il vrai qu'en juin dernier, vous auriez exercé des pressions sur des élèves de terminale qui s'apprêtaient à présenter leurs examens de fin du cycle secondaire ? Vous auriez fait comprendre à ceux qui voulaient témoigner en faveur de ma cliente que le jury d'examen se montrerait moins indulgent à leur égard. Par contre, les étudiants à charge, proches de l'accusation, devaient bénéficier d'un contexte plus favorable ! Alors, qu'avez-vous à nous dire à ce propos ?

– C'est un tissu d'affabulations ! réagit Hector Romains. On veut détruire ma réputation alors que je suis en fin de carrière. Jamais je n'ai abusé de ma fonction de directeur pour faire pression sur des élèves.

– Alors, Monsieur Romains, comment nous expliquez-vous qu'en échange d'attestations écrites contre la prévenue, Madame Gasper, certains témoins étudiants devaient bénéficier de la mansuétude du jury ? insista M^e^ Kernat.

– Maître, je crois que vous vous égarez, fit le président Grammont, tirant le témoin Romains d'un mauvais pas. Je vous rappelle que nous ne faisons pas ici le procès des témoins. Nous nous contentons de faire le procès de la prévenue et c'est déjà bien assez compliqué comme cela !

– Oui, Monsieur le président, mais interroger le témoin nous permet aussi de mieux comprendre le contexte de toute cette affaire.

– Rassurez-vous, M^e^ Kernat, le conseil de guerre a déjà beaucoup d'éléments en sa possession pour bien comprendre toutes les subtilités de ce dossier. Émile Grammont invita alors le témoin Hector Romains à se retirer au fond de la salle. Romains avait la chemise complètement trempée tellement il transpirait.

Le reste de la matinée vit alors un long défilé de témoins à charge et à décharge. L'accusateur Palmier et le défenseur Kernat étaient au moins d'accord sur un point : l'équilibre était presque parfait entre les témoins pro Suzanne et anti Suzanne. Sur les trente élèves témoins convoqués, vingt-six s'étaient finalement déplacés devant le conseil de guerre. Quatorze d'entre eux étaient favorables à la prévenue, douze défavorables. Aux élèves qui reprochaient à Suzanne d'avoir mis en doute les vertus de l'Angleterre et de l'armée américaine, succédaient à la barre, dans la minute suivante, d'autres jeunes gens avançant, sur la foi du serment, que jamais leur professeur n'avait vanté les mérites du IIIe *Reich*. « Mademoiselle Gasper aimait simplement la culture et le romantisme allemands », précisa Simone, une ancienne élève de Morelange devenue étudiante en médecine à Bruxelles.

Tout au long de cette journée, je me répétai souvent : « Comment le conseil de guerre pourra-t-il objectiver sa décision face à ces témoignages si contradictoires ? » Seule une intervention peut-être plus décisive emporterait l'adhésion, comme celle de l'ancien bâtonnier Michaux au procès de Pierre Clarens.

On appela à la barre le dernier témoin cité par le ministère public. C'était Nora Arnaud, la fille du bourgmestre de Morelange.

Élève dissipée, Nora avait souvent affronté Suzanne à l'école. Au printemps 1944, l'adolescente avait quitté précipitamment le lycée quand Suzanne avait interrogé toute la classe après la diffusion, très dangereuse, de messages patriotiques en classe.

À la Libération, à peine un an plus tôt, Nora avait été en première ligne des résistants pour tondre les femmes autour du kiosque de Morelange. Suzanne s'en souvenait comme si c'était hier. Elle gardait cette trace dans sa chair. Depuis ces événements, c'était la première fois que les deux femmes se retrouvaient confrontées à quelques mètres l'une de l'autre.

– Pour moi, Suzanne Gasper nous a trahis, dit d'entrée de jeu Nora Arnaud, qui n'avait pas l'habitude de s'exprimer par périphrases. Mademoiselle Gasper s'est attiré la sympathie des élèves pour mieux abuser de notre crédulité. Elle nous parlait de « l'égoïsme anglais » et de « la grandeur de l'Allemagne ». J'étais jeune encore, en 1942 et 1943, j'imprimais dans ma tête tout ce que nous disait notre professeur, comme du papier buvard. Puis j'ai fait la connaissance de Jean, un garçon de chez nous, de vingt-deux ans. Jean est entré dans le maquis. Il était très courageux. Il a pris de gros risques. Je l'aimais. Jean a participé à plusieurs actions de sabotage des lignes de chemin de fer dans la région. En classe, je ne pouvais plus supporter Suzanne Gasper. Ses beaux discours sur l'Allemagne m'horripilaient, tout comme ses doutes envers la victoire alliée. Et puis, et puis… il y a eu autre chose, de plus dégoûtant encore…

Nora Arnaud s'interrompit alors, apparemment submergée par une émotion qu'elle ne pouvait contenir.

– Quoi, Mademoiselle Arnaud ? Que voulez-vous dire ? Que s'est-il passé avec la prévenue Gasper qui vous a choquée à ce point ? reprit le président Grammont, d'un ton paternaliste et encourageant.

– Il y a que… Mademoiselle Gasper avait un amant. Un officier allemand. Je l'ai vu sortir à plusieurs reprises de chez elle.

On entendit un tas de « Oh ! » indignés venant du public.

Suzanne se leva aussitôt, entre les deux gendarmes qui l'entouraient.

– Nora ! Je ne peux pas te laisser dire ça. Pour la mémoire du capitaine Hoffman et pour la vérité, tout simplement. Monsieur le président, m'autorisez-vous à répondre au témoin ?

– Oui, brièvement, mais votre vie privée nous intéresse très peu, fit le président Grammont.

– Je ne suis pas d'accord. Cette vie privée, ma vie privée, on ne se prive pas de la jeter en pâture, à tout le monde. Mon compagnon, Pierre Clarens, que vous avez injustement condamné, a été exemplaire pendant la guerre. De fait, Pierre et moi avons invité quelques fois dans notre maison le capitaine Dieter Hoffman. Il dirigeait le peloton de *Feldgendarmerie* à Morelange. Je n'ai pas peur de dire que cet officier était un homme brillant, très cultivé. Il prônait des valeurs de tolérance et d'ouverture d'esprit dont auraient pu s'inspirer beaucoup de citoyens de notre ville ! Malgré la guerre, nous avions réussi à tendre des passerelles. Entre Monsieur Hoffman et moi, il n'a jamais été question que d'une estime réciproque, basée sur des échanges littéraires et philosophiques. Au fil des mois, cette estime a pu se muer en amitié. Tout le reste, tout ce qu'on vient de vous dire devant ce tribunal, n'est que de la pure invention. De la diffamation. Hoffman avait une femme, des enfants, en Allemagne. Il ne les a d'ailleurs jamais revus. Il a mis fin à ses jours, quelques heures avant la Libération.

L'auditeur militaire Palmier s'était tu depuis trop longtemps. Il ne pouvait prendre le risque que Suzanne et la défense marquent trop de points.

– Messieurs les membres du conseil de guerre, je vous mets en garde, dit Palmier. La prévenue est très habile. Elle est presque parvenue à vous attendrir et à vous faire pleurer sur le sort de cet officier allemand qui s'est tiré une balle dans la tête. Si Hoffman s'est suicidé, c'est qu'il manquait de courage. Point à la ligne. Et qu'il a pris conscience de l'échec collectif de sa nation allemande. Ne nous égarons pas. Revenons à notre affaire. Vous devez juger Madame Gasper sur son attitude pendant la guerre. Au passage, faites attention, elle vous glisse quelques contre-vérités, par exemple quand elle avance que son compagnon a été injustement condamné. Je rappelle que personne n'a le droit de critiquer la chose jugée.

Palmier ponctua son intervention en s'adressant directement à Suzanne.

– Lors du procès de votre compagnon en juin, on a cherché désespérément des familles de Morelange qui auraient pu recevoir une partie de vos tickets de rationnement. Ces familles, on les attend toujours ! Je crois que cela fait partie d'un mythe, d'une stratégie pseudo-humanitaire que s'est construite la défense.

– J'ai ma conscience en paix, Monsieur l'auditeur. Plusieurs familles ont vraiment manqué du minimum vital pendant la guerre. Si, à notre niveau, Pierre et moi avons pu leur procurer quelque réconfort, ces personnes le savent et ont bien raison de garder la discrétion. Je n'ai pas besoin de ces marques de reconnaissance. Vous avez entendu, je crois, suffisamment de témoignages aujourd'hui attestant que je n'ai jamais trahi personne ni trahi mon pays, affirma Suzanne en élevant le ton de sa voix.

Tout était dit. Suzanne s'était défendue avec panache, mais aussi et surtout avec une grande rigueur morale.

Lors de sa plaidoirie, le jeune avocat Paul Kernat voulut d'emblée revenir sur un élément que n'avait pas abordé l'instruction d'audience : l'humiliation déjà subie par Suzanne un an plus tôt, sur la place du kiosque à Morelange.

– Ma cliente n'est pas placée au même rang qu'un autre prévenu pour de mêmes préventions. Elle est arrivée ici devant ce conseil de guerre avec déjà une première condamnation sur le dos, celle de la tonte infamante qu'elle a dû subir, en septembre 1944. Ce châtiment débridé, hors de toute norme de droit, Suzanne Gasper va le porter au plus profond d'elle-même jusqu'à la fin de ses jours. C'est inique. En rasant les cheveux de Madame Gasper, vous avez voulu la violenter en y laissant votre marque d'hommes.

Paul Kernat se retourna vers la salle comme s'il prenait tous les hommes du public à témoin.

– Suzanne Gasper a raison quand elle cite Virginia Woolf et le pouvoir de violence exercé par les hommes.

Puis l'avocat de la défense revint sur les témoignages des élèves du lycée et toutes les tensions ayant précédé ce procès.

– Malgré toutes les pressions exercées par le directeur du lycée de Morelange, Monsieur Romains, quarante étudiants ont signé une attestation en faveur de la prévenue, contre seulement quinze dépositions contraires. Quarante, c'est beaucoup. Quarante jeunes gens et jeunes filles nous certifient, sur l'honneur, que Suzanne Gasper n'a jamais fait de propagande pour l'Allemagne pendant ses cours. J'ajoute qu'à l'une ou l'autre exception, la grosse majorité du corps professoral est en faveur de Madame Gasper.

Robert Palmier répliqua aussitôt.

– Vous montez en épingle quarante témoignages en faveur de la prévenue. Tant que vous y êtes, vous auriez pu nous en amener quatre cents, voire quatre mille ! Quatre mille élèves qui n'ont jamais rien vu, rien entendu de la bouche de la prévenue. C'est vraiment n'importe quoi. Messieurs les membres du conseil de guerre, je vous avoue mal connaître cette femme anglaise, Virginia Woolf, qui semble être l'auteur de chevet de la défense. Pour le peu que j'en sache, cette Madame Woolf avait des mœurs lesbiennes très dévoyées. C'est déjà tout dire. Je ne lis pas Woolf, mais par contre j'ai dans ma bibliothèque Tacite, le grand auteur romain. Des références latines que la prévenue est censée enseigner à ses élèves. D'après Tacite, il y a deux mille ans, dans les tribus germaniques – oui, la Germanie chère à Madame Gasper ! –, les lâches, les traîtres ou toutes les personnes de mauvaises mœurs étaient condamnés à être noyés dans la boue d'un marais. Je vais me montrer très indulgent. Je ne vous demande pas d'enfoncer cette misérable Suzanne Gasper dans les marécages de Morelange. Donnez-lui la possibilité de racheter sa conduite. Pour cela, je réclame contre elle une peine de cinq ans d'emprisonnement.

Palmier indulgent ! Du vent ! J'étais révolté d'entendre de tels excès. C'était honteux de réclamer cinq ans de prison contre une enseignante jalousée, sans doute en avance sur son temps, incomprise de sa direction et de certains de ses collègues chevillés à la tradition. Suzanne avait développé une pédagogie moderne. Elle posait des questions parfois déstabilisantes à ses élèves pour inciter ceux-ci à jeter un regard critique et interrogatif sur les dogmes, sur les vérités toutes faites. C'est ça, le ver inséré dans le fruit qui avait fini par pourrir les relations entre Suzanne et sa direction, mais aussi avec quelques autres enseignants. Aujourd'hui, elle le payait au prix fort.

Le président Grammont déclara les débats clos. Le conseil de guerre devait rendre son jugement une semaine plus tard. Pourquoi attendre si longtemps ? Le conseil de guerre était débordé. Il continuait à multiplier les audiences. On accélérait les procédures. Plusieurs dizaines de prévenus comparaissaient chaque jour.

Le lendemain du procès de Suzanne, cette affaire fit la Une des journaux régionaux. On pouvait y lire des titres comme « Le professeur incivique » ou « Cinq ans pour la traîtresse, ce ne serait pas de trop ».

Quant à *La Voix des Luxembourgeois*, l'organe de presse des résistants au sein du Mouvement national belge, il ne fit pas dans la dentelle non plus : « Pas de grâce pour les traîtres. Pourquoi aurions-nous des scrupules à éliminer impitoyablement des traîtres qui, par ailleurs, auront échappé aux tortures que nous répugnons à infliger même aux plus indignes des nôtres ? »

Le 10 septembre 1945, Suzanne n'était pas présente pour entendre le prononcé de son jugement. Elle avait préféré rester à la prison de Namur. « J'y ai mieux à faire, m'avait-elle écrit par courrier. J'ai beaucoup de retard dans les cours de français que je dois donner à plusieurs codétenues. »

Le président Grammont lut le jugement. À nouveau, comme pour Pierre quelques semaines plus tôt, j'eus la sensation que le ciel me tombait sur la tête. Suzanne Gasper fut déclarée coupable d'avoir « sciemment servi la politique de l'ennemi ». Elle fut condamnée à une peine de trois ans d'emprisonnement et à vingt ans d'interdiction de ses droits civils et politiques.

Je calculai vite. Comme Suzanne était en détention préventive depuis près d'un an, probablement pouvait-elle espérer une sortie de prison à l'automne 1947. Pas avant. Ce serait beaucoup trop long. Bien trop injuste comme sanction. Pierre, radié du barreau, et à présent Suzanne, écartée de l'enseignement à la suite de l'interdiction de ses droits civils et politiques. Je ne pouvais me résoudre à accepter ces condamnations qui brisaient mes deux meilleurs amis.

Mais M^e^ Kernat et Pierre Clarens, depuis la prison de Morelange, écrivirent quelques jours plus tard à Suzanne pour l'inciter à ne pas interjeter appel de la décision. Son dossier était différent de celui de Pierre, car un procès en appel devant la cour militaire à Liège risquait d'aggraver la sanction de trois ans encourue à Morelange.

Je ne croyais plus à la Justice de mon pays. J'étais arrivé à la conclusion que malgré tous les efforts déployés pour démontrer l'innocence de Pierre et Suzanne, le conseil de guerre s'était déjà forgé une opinion a priori. Au terme d'une instruction menée tambour battant par le seul auditorat militaire et les commissaires et inspecteurs de la Sûreté de l'État, les procès de Pierre Clarens et Suzanne Gasper débouchaient sur des épilogues allant dans le seul sens de l'accusation.

Des écrivains combattant pour la liberté – et non des moindres – ont dénoncé ces dérapages dans l'épuration et les procès précipités qui s'en sont suivis.

Ainsi, le 30 août 1945, Albert Camus, le futur prix Nobel de la Paix, a écrit ceci dans le journal *Combat* qu'il dirigeait : « *Il est certain désormais que l'épuration est non seulement manquée, mais encore déconsidérée. Le mot d'épuration est déjà assez pénible en lui-même. La chose est devenue odieuse. Elle n'avait qu'une chance de ne point le devenir, qui était d'être entreprise sans esprit de vengeance ou de légèreté. Il faut croire que le chemin de la simple justice n'est pas facile à trouver entre les clameurs de la haine, d'une part, et les plaidoyers de la mauvaise conscience, d'autre part. L'échec, en tout cas, est complet. Trop de gens ont hurlé à la terreur lorsque quelques années de prison venaient récompenser l'exercice de la délation et du déshonneur.* »

En Belgique, l'épuration connut autant de ratés qu'en France. Soixante-dix mille Belges ont été incarcérés comme Suzanne et Pierre dans les semaines suivant la Libération, dans des prisons officielles ou des centres d'internement improvisés. Un an et demi plus tard, en mars 1946, ils étaient toujours cinquante mille à être détenus.

Dans un rapport déposé le 15 décembre 1945 devant le Conseil général de la Fédération des avocats belges à Bruxelles, l'avocat Paul Parent dénonce en des termes très sévères les dérives du parquet militaire dans les enquêtes : « *La magistrature militaire n'a pas su faire la distinction qui s'imposait entre la trahison et la faiblesse, ni se défendre contre l'éruption de fièvre punitive naturellement consécutive à cinq années d'oppression et de souffrances. Elle a cru trouver partout des suppôts de l'ennemi là où il y avait beaucoup de ses victimes. Elle présumait coupables tous ceux qui lui étaient déférés. Elle réservait toute sa prudence non aux mesures d'incarcération, mais à la libération des suspects. Il faut rétablir au plus vite les institutions judiciaires normales d'instruction que sont la Chambre du conseil et la Chambre des mises en accusation. Ce rétablissement est le remède à tous les maux dont la justice expéditive et soupçonneuse afflige le pays maintenant.* »

# 22

Résignée sur son sort, Suzanne Gasper s'investit encore plus dans le seul rayon de soleil qui lui restait à la prison : former des jeunes détenues à leur future réinsertion. Ces filles provenaient de toute la partie francophone du pays. Certaines avaient volé, d'autres avaient usé de leurs charmes pour s'offrir au premier venu, quelques autres encore payaient de longues années de prison leur collaboration horizontale avec les Allemands, quelques mois plus tôt.

Suzanne ne faisait aucune différence entre toutes ces filles. Pour la jeune enseignante, seul comptait le futur retour dans la société, une réintégration qu'il fallait préparer à l'avance, dès la détention. C'est ainsi que chaque matin et après-midi, Suzanne leur donnait des cours de français et même des bases de mathématiques. Elle se mit aussi à montrer à quelques-unes issues de milieux modestes des gestes tout simples, comme repasser le linge. À Rebecca, une jeune femme paumée de Charleroi, elle apprit à se tenir droite, à avoir une certaine prestance dans le mouvement et à pouvoir porter un plateau rempli de plusieurs verres pleins.

Après avoir purgé sa peine, Rebecca pourrait décrocher un emploi de serveuse dans une taverne ; c'était déjà un premier pas vers le retour à la vie sociale.

Puis vint ce jour de mars 1946. C'était au tout début du mois, un mardi. Je m'en souviens très bien parce qu'il avait gelé à pierre fendre cette nuit-là et l'eau du lac de Morelange, aussi dure que du béton armé, dissuadait tous les canards et les oies qui voulaient s'y ébattre. Nous étions partis en promenade avec les élèves. J'avais dû admonester certains d'entre eux qui avaient trouvé très marrant de se lancer sur le lac au pas du patineur. Si la glace craquait, mon élève courait un grand danger, et moi, leur prof, j'étais responsable de leur sécurité.

Ce froid de canard du 3 mars 1946 n'empêcha pas une jeune femme de se présenter à la prison de Namur. Très coquette dans son manteau d'hiver bleu foncé, avec son béret couleur pourpre sur la tête, la jeune femme portait à la main un couffin avec un bébé. Le nouveau-né ne devait pas avoir plus d'un mois. « Cette jeune mère est complètement inconsciente de sortir ainsi son bébé par un temps si glacial ! » se dit la grosse Ghislaine, la gardienne de la prison de Namur qui surveillait l'aile réservée à Suzanne et à d'autres femmes. « Elle a sûrement son amoureux ou alors son jeune mari prisonnier et elle vient lui montrer pour la première fois leur nouveau-né ! » enchaîna Ghislaine, tout à coup prise d'un sentiment maternant.

– Je voudrais pouvoir rencontrer quelques minutes Mademoiselle Suzanne Gasper, annonça la jeune inconnue dans le portique d'entrée de la prison.

– D'accord, je vais l'appeler, fit Ghislaine, la gardienne. Mais votre arrivée va la surprendre, car à part son ami, le professeur Monsieur Jaminet, jamais personne ne vient rendre visite à Mademoiselle Gasper. Tout le monde lui a tourné le dos, encore plus depuis sa condamnation au conseil de guerre.

– C'est bien pour cela que je tiens à la voir, maintenant.

– Bien. Mais qui dois-je annoncer ? Quel est votre nom ?

– Permettez-moi de ne pas vous le dire maintenant. Je préfère garder la surprise pour Mademoiselle Gasper.

« Quelle fille étrange, je me demande bien ce qu'elle veut à Suzanne Gasper », marmonna entre ses dents la grosse Ghislaine, tout en se dirigeant vers un local plus vaste au centre de la prison, là où Suzanne s'adonnait à quelques révisions d'orthographe de base avec ses élèves détenues.

– Madame Gasper, il y a une jeune femme avec un petit bébé tout craquant qui vous attendent au parloir.

– Une femme ? Avec un bébé ? C'est une nouvelle détenue sans doute, qui veut se renseigner sur la façon dont j'organise mes ateliers pratiques avec les autres femmes de la prison.

– Vous n'avez rien compris. C'est une jeune femme qui vient de l'extérieur. Elle est libre. Elle veut absolument vous parler.

Suzanne ne voyait vraiment pas de qui il s'agissait. Une ancienne élève du lycée de Morelange peut-être, une fille-mère qui avait brûlé les étapes en portant un enfant puis en l'accouchant ? Suzanne se demandait ce qu'elle pourrait bien lui dire. En 1946, les centres de planning familial n'existaient pas encore.

Suzanne ne distingua pas tout de suite les traits de la jeune femme qui avait parcouru cent quarante kilomètres en train depuis Morelange pour venir la rencontrer à Namur. La visiteuse était placée juste à contre-jour devant la grande fenêtre à travers laquelle le soleil rasant d'hiver envoyait quelques-uns de ses rayons. Suzanne ne pouvait deviner que la silhouette de la jeune inconnue, toujours avec son couffin à la main.

– Bonjour Mademoiselle Gasper, j'ai hésité longtemps avant de venir ici. Puis hier soir, je me suis décidée. Je devais le faire. L'inconnue parlait avec difficulté, respirant fort, détachant chaque syllabe.

– Nora ? Nora, c'est toi ? Comment oses-tu ? Comment oses-tu te montrer ici, devant moi, après tout ce qui s'est passé ? Après tout ce que tu nous as fait endurer, à Pierre et à moi ? Les prisonnières incarcérées ici ont plus de dignité que toi. Pars, va-t-en s'il te plaît. En te voyant, j'entends à nouveau cette foule en liesse sur la place du kiosque à Morelange, je revois mes cheveux tomber à mes pieds.

Puis Suzanne se prit la tête entre les mains. Elle hurla de toutes ses forces : « Fous le camp ! »

Elle cria tellement fort que le bébé de Nora, qui dormait jusqu'alors, se mit à son tour à hurler plus fort que tout le monde.

– C'est malin, vous l'avez réveillée, ma petite Suzon. Nora Arnaud, la maman, était toute dépitée.

– Suzon ? Tu lui as donné un prénom proche du mien !

– C'est pas fait exprès. C'est Jean, mon compagnon, le papa de la petite, qui aimait bien ce prénom.

– Elle a quel âge, cette petite ? Oh, mais qu'elle est mignonne ! dit Suzanne, se penchant sur le couffin.

– Elle va avoir quatre semaines. Quand j'ai comparu comme témoin à votre procès, en septembre, je n'étais enceinte que de quatre mois. Personne n'avait remarqué que mon ventre avait grossi. Mes parents m'ont chassée de la maison. Mon père était très fier que je sorte avec un jeune membre du maquis, mais quand il a appris que j'étais enceinte, il a perdu tout contrôle de lui-même. C'était comme si je n'existais plus à ses yeux. Ma mère n'a même pas eu voix au chapitre.

– Et Jean, le papa de cette petite, comment va-t-il ?

– Pas très fort. Il a peu de moral. Il n'accepte pas que plusieurs de ses compagnons dans la Résistance ne soient pas revenus d'Allemagne après leur déportation. Quand Suzon se réveille, la nuit, pour boire mon lait, Jean se met à hurler. Il est à bout de nerfs. Il ne supporte pas les cris de la petite. Il dit qu'il repense alors à ses copains torturés dans les caves par les Boches.

– Qu'est-ce que tu vas faire ? Vous avez de quoi vivre ?

– C'est difficile. Jean est en pleine déprime. Il s'est mis à boire. De la goutte blanche, qui tape dans l'estomac. Il n'a pas de boulot. J'ai ma mère qui me glisse un peu d'argent en cachette, dans des enveloppes, à l'insu de mon père.

– J'ai encore un peu d'argent qu'on avait mis de côté, Pierre et moi. Si tu veux, je peux t'en fournir. Il faudrait que je prévienne Hervé Jaminet, notre ami.

– Non, Mademoiselle Gasper, gardez votre pitié pour vous. Je me débrouillerai bien toute seule. Avec ou sans Jean.

– Mais qu'est-ce que tu es venue faire ici, alors ?

– Je ne sais pas. Je ne sais plus.

– J'espère sincèrement que tu vas t'en sortir, Nora. Ce que nous avons vécu, toi et moi, c'est le passé. Ce qui compte maintenant, c'est l'avenir. Ton avenir. Ton enfant.

– Mademoiselle Gasper ?

– Oui, Nora…

– Je sais ce que je voulais vous dire. Je suis même venue jusqu'ici pour vous dire cette seule phrase.

– Quoi ?

– J'ai toujours été jalouse de vous.

– Jalouse de moi ? Pourquoi ? Tu avais tout. Tu es jolie fille, tu avais du bon sens, du caractère, une famille respectée de Morelange. C'est vrai, tu n'étais pas fort appliquée en classe et tu te montrais plus rebelle qu'à ton tour. Mais jalouse ? De quoi ? Je ne comprends pas.

– J'étais jalouse de votre personnalité. Jalouse de votre assurance, de vos certitudes, de votre bonheur apparent.

Alors que tout le monde souffrait dans cette guerre, vous sembliez légère, gaie, souriant à la vie. J'ai ressenti cela comme une provocation. Je vous en ai beaucoup voulu. C'est pour cela que devant le tribunal, j'ai inventé cette histoire de liaison que vous auriez eue avec l'officier allemand. Je ne pouvais pas encaisser que vous receviez à votre table un officier nazi, en toute impunité, alors que mon Jean à moi, il risquait une arrestation ou une balle dans le dos à tout moment. Jean, il devait prendre tous les risques, certaines nuits, pour venir me rejoindre dans ma chambre à coucher. Oui, Mademoiselle Gasper, je vous ai détestée. Quand je vous ai coupé les cheveux à la Libération, j'ai ressenti cela comme une grande jouissance. C'était ma vengeance à moi. Et l'année d'après, quand vous avez été condamnée à trois ans de prison, là encore j'ai poussé un grand cri de joie.

– …

– Vous me détestez, bien sûr, avec tout ce que je viens de vous déballer.

– Nora, ton cœur débordait de haine, de frustrations. Tu n'y voyais plus clair. Non, je ne t'en veux pas. Avant, je t'en ai voulu, oui. Mais je ne t'en veux plus maintenant. Viens…

Suzanne la prit alors contre sa poitrine. Nora sanglotait doucement. Suzanne la tenait contre elle, tendrement. Comme une amie. Comme une grande sœur.

Pendant ce temps, la petite Suzon, étonnamment, s'était rendormie.

# 23

Le 19 mars 1946, je n'ai pas eu le temps de planter des oignons dans mon potager comme on le faisait chaque fois pour la Saint-Joseph.

La veille, j'étais parti en train pour Liège, car je voulais absolument assister dès le lendemain au procès en appel de Pierre Clarens devant la cour militaire. C'était une seconde chance qui était octroyée à Pierre pour sauver son honneur souillé par les témoignages et le jugement dégradants du conseil de guerre de Morelange quelques mois plus tôt.

Cette seconde chance était aussi l'ultime. Si Pierre et son avocat ne parvenaient pas à convaincre les juges militaires et civils au palais de justice de Liège, cette fois tout serait définitivement perdu : la réputation de Pierre, son métier d'avocat, ses projets d'avenir avec Suzanne.

Autant le jugement du mois de juin 1945 nous avait stupéfaits, cassés, autant nous reportions maintenant tous nos espoirs sur ce nouvel examen du dossier pénal par d'autres magistrats, libres d'influences, éloignés de Morelange et de ses pressions locales.

Nous étions déjà rassurés sur un point : le redoutable auditeur militaire Robert Palmier n'était plus de la partie. À Liège, le ministère public serait occupé par le major Charles Mertens, un substitut de l'auditeur général qui passait pour sage et pondéré. Le défenseur de Pierre, Paul Kernat, lui non plus ne figurait plus parmi les acteurs au procès. Le jeune avocat qui avait fait le maximum à Morelange pour défendre Pierre et Suzanne avait lui-même proposé de recourir aux services d'un avocat liégeois plus expérimenté devant les instances d'appel et dans le traitement des dossiers complexes. L'affaire Pierre Clarens était bien l'un de ces dossiers délicats qui méritait toute l'expertise d'un juriste patenté. Nous avions sollicité les services de Me Henry Herbignaux – HH comme l'appelaient ses confrères –, un avocat de cinquante-huit ans du barreau de Liège, bénéficiant d'une solide réputation.

En instance d'appel, la procédure se déroule plus rapidement. Les juges n'entendent plus de témoins. Ils se basent pour l'essentiel sur le dossier répressif. Les magistrats d'appel se contentent d'interroger vaguement le prévenu avant d'entendre le réquisitoire et les plaidoiries.

Tout alla tellement vite ce matin-là que je réussis à louper une grosse partie du procès devant la cour militaire ! Distrait et mal organisé comme à mon habitude, je réussis à m'égarer à travers les nombreux couloirs du vénérable palais des Princes-Évêques de Liège. Progressant sur un plancher craquant sous chacun de mes pas, je passai d'une chambre d'audience à l'autre, perpendiculaires aux couloirs, et, confus, je m'y excusai à chaque fois auprès des magistrats et des huissiers qui n'avaient rien à voir avec l'affaire Clarens.

Enfin, au bout de vingt longues minutes de recherches désespérées, je trouvai la bonne salle à l'étage. C'était la deuxième chambre française de la cour militaire. Le substitut de l'auditeur général Mertens en avait déjà fini avec son réquisitoire.

« Cela paraît bon pour votre ami, l'avocat de Morelange. Le ministère public ici à Liège ne semble pas considérer qu'il a trahi son pays », me dit d'un ton encourageant un retraité liégeois venu en curieux assister aux débats. Le vieil homme venait ici chaque matin, me confia-t-il, car il trouvait important de pénétrer au cœur des audiences des tribunaux qui étaient « le miroir de notre société, une plongée dans tous ses petits travers et dysfonctionnements. »

M^e^ Henry Herbignaux, HH, fut brillant. Pour convaincre la cour, le nouvel avocat de Pierre réussit à trouver des arguments qui n'avaient pas été avancés devant les premiers juges, à Morelange.

Le premier jugement se contentait d'un lapidaire « Attendu qu'il n'est pas prouvé que le prévenu n'aurait pas rendu les mêmes services ni obtenu ses acquittements devant le conseil de guerre allemand s'il n'avait pas fait partie du *Sprachverein*… »

M^e^ Herbignaux démontra qu'il importait peu, finalement, que Pierre Clarens ait été membre ou non du *Sprachverein* afin de bénéficier d'une clientèle supplémentaire devant le conseil de guerre allemand.

– Plusieurs de ses confrères avocats du barreau de Morelange ont continué à entretenir avec Pierre Clarens des relations cordiales et confraternelles durant ces années de guerre, dit HH. Ils lui ont confié toutes les affaires pendantes devant le *Kriegsgericht*, le conseil de guerre allemand, et ce jusqu'à la Libération. Par ailleurs, un tas de patriotes et résistants, dont la conduite fut exemplaire, ont chargé Pierre Clarens de leur défense devant le *Kriegsgericht*. Au premier procès l'an dernier devant le conseil de guerre de Morelange, plusieurs de ces résistants voulaient témoigner et dire toute leur reconnaissance à leur ancien avocat, mais l'auditorat militaire les en a empêchés. On ne peut tout de même pas en vouloir à M^e^ Clarens d'être resté le seul avocat belge inscrit comme défenseur devant le *Kriegsgericht*. C'est tout à son honneur. C'est toute la fierté et la noblesse du métier de défendre.

HH osa une comparaison. Les médecins qui soignent un cancer ne sont pas nécessairement eux-mêmes des cancéreux. De même, dit l'avocat de la défense, un avocat belge qui plaide devant un tribunal du *Reich* pour venir en aide à ses compatriotes ne doit tout de même pas être assimilé à un avocat du *Reich* !

Mertens, le substitut de l'auditeur général, répliqua : « Lors du premier procès et lors de la phase d'instruction, l'ancien bâtonnier de Morelange, M^e^ Michaux, a démontré très clairement que le prévenu avait fait cavalier seul et n'était motivé que par ses seuls intérêts personnels et son esprit de lucre. »

– Cet argent que Pierre Clarens aurait soi-disant amassé pendant la guerre, laissez-moi rire… ou pleurer, répondit M^e^ Herbignaux. Clarens et sa femme n'avaient aucun compte dans les banques de Morelange. Son avoir au compte chèque postal était insignifiant et j'ai une pièce officielle d'un notaire attestant que sa dette envers ce dernier était inchangée depuis la guerre. Quant à mon estimable confrère M^e^ Michaux, auquel se réfère sans cesse le ministère public, sachez que jusqu'à l'arrestation de Pierre Clarens, il a toujours été en très bons termes avec lui.

M^e^ Herbignaux lut alors une lettre écrite par Michaux en 1943 ; le vieux bâtonnier y faisait l'éloge de Pierre Clarens à un fonctionnaire du cadastre, à Bruxelles.

L'avocat de la défense conclut : « On peut, certes, reprocher au prévenu de ne pas s'être entouré de tous renseignements utiles au moment de son adhésion au *Sprachverein*. On peut lui en vouloir d'avoir maintenu son affiliation alors qu'il ne pouvait plus y avoir de doutes sur les tendances pro-allemandes de cette association. Mais est-ce que tout cela fait pour autant de Pierre Clarens un traître ? A-t-il commis un crime de trahison à l'égard de son pays ? Non, messieurs ! Non. Je vous demande dès lors, sans le moindre doute, l'acquittement de Pierre Clarens. »

HH avait bien plaidé.

L'arrêt de la cour militaire fut rendu quelques heures plus tard. Je vous l'ai dit, toute la procédure allait beaucoup plus vite en appel. La cour reprit à son compte la plupart des arguments de HH pour la défense.

J'entends encore le président annoncer dans son jargon juridique : « La cour, recevant les appels, dit que l'inculpé Clarens ne s'est pas rendu coupable des infractions qui lui sont reprochées. La cour dit les préventions non établies. Réformant en conséquence la décision entreprise, elle renvoie le prévenu des poursuites sans frais. »

Ce fut l'un des plus beaux moments de ma vie. Je n'en croyais pas mes yeux : Pierre était libre ! Acquitté ! On avait enfin gagné la partie. Depuis mon banc dans le public, je courus vers Pierre et je lui fis une accolade qui dura longtemps, longtemps. Me Herbignaux nous avait rejoints. Lui aussi arborait un grand sourire.

– Vous ne pouvez pas savoir comme je me sens heureux, soulagé, dit Pierre. Tous ces mois de souffrances, d'humiliation. Enfin, aujourd'hui, j'entrevois le bout du tunnel. C'est à vous que je le dois, Me Herbignaux, votre plaidoirie était remarquable.

– Cher confrère, décrocher un acquittement est une des plus grandes satisfactions du métier d'avocat, fit HH. Je ne dors jamais bien lorsqu'un innocent a été condamné à la suite d'une erreur judiciaire.

– Hervé, si je suis enfin libre, je suis sûr que tu y es aussi pour quelque chose. Ton amitié et ta présence constante à mes côtés m'ont été précieuses.

– Arrête, Pierre, je suis sûr que tu aurais fait de même si j'avais été dans ton cas.

– En réalité, je me sens heureux et triste à la fois. Je suis triste, car Suzanne ne peut partager cette joie de mon acquittement. Quel dommage qu'elle ne puisse être avec nous en ce moment ! Nous aurions fait la fête tous ensemble, comme avant. Mes amis, vous m'excuserez, mais dès que le billet d'écrou sera levé et toutes les formalités réglées avec la prison de Morelange pour ma libération, je fêterai plus tard avec vous cet événement : ma priorité, vous le comprendrez, est d'aller retrouver au plus vite Suzanne à la prison de Namur. Il faut que je la serre enfin dans mes bras. On ne s'est plus vus depuis plus d'un an et demi. Il faut que je lui dise qu'elle tienne bon. Je suis libre. Suzanne le sera aussi bientôt.

– Madame Gasper, à nouveau il y a quelqu'un pour vous au parloir !

– Est-ce la même jeune femme que l'autre jour, avec son bébé ? demanda Suzanne, toute guillerette.

– Non, c'est un homme, fit la grosse Ghislaine, la gardienne de la prison de Namur.

– Un homme. C'est sans doute Hervé, mon meilleur ami. J'ai hâte de le revoir.

– Hervé ? Monsieur Jaminet ? Je le connais bien, celui-là. Mais non, ce n'est pas lui. Le type qui est là pour vous, c'est la première fois que je le vois débarquer ici. Il m'a dit qu'il s'appelait Pierre ou quelque chose comme ça...

– Pierre ! C'est Pierre, c'est mon compagnon ! Ouah, il est là ! Pierre a été libéré ? Pourquoi ne me l'avez-vous pas dit plus tôt ?

– Vous en avez de bonnes, vous ! Pourquoi je ne l'ai pas dit plus tôt ? Qu'est-ce que j'en sais, moi !

Suzanne était radieuse. Elle ne tenait plus en place, sautant d'un pied sur l'autre. La gardienne la fit extraire de sa cellule et la conduisit jusqu'au parloir.

Pierre l'attendait, tout sourire, un bouquet d'œillets rouge et blanc à la main. Suzanne le trouva amaigri, les traits plus marqués surtout. Elle avait l'impression que sa petite fossette au menton s'était creusée.

C'est Pierre, le premier, qui prit la parole.

– C'est pour toi, ma chérie. Sens, respire cette odeur de fleurs. C'est une odeur de printemps, qui sent bon la liberté. Je t'assure que bientôt, toi aussi tu pourras ressentir l'air frais du dehors. Je vais multiplier pour toi les recours à la Cour de cassation. J'écrirai aux députés, aux ministres, au roi s'il le faut ! Je demanderai qu'on t'accorde une grâce.

Suzanne prit le bouquet de fleurs dans sa main droite et avec son autre main, elle caressa la joue de Pierre.

– Pierre, ce qui est le plus important aujourd'hui, c'est ton acquittement. Il n'y a rien d'autre qui compte plus pour moi en ce moment. Tu ne peux savoir ce que je suis heureuse de te revoir ici, libre. C'est formidable. Je n'en reviens pas. On ne s'est plus vus depuis combien de temps déjà ?

– Quinze mois. Une éternité…

– Quinze mois sans toi, je n'en peux plus. Merci, mon amour, pour tes fleurs. Elles vont égayer ma cellule. Elles me feront penser à toi. Tout cela me redonne espoir. Les auditeurs militaires et les magistrats ne sont sans doute pas tous de la même trempe que Palmier et Grammont.

Pierre lui raconta alors dans le détail toutes les péripéties du nouveau procès devant la cour d'appel. Il me précisa plus tard que pas une fois Suzanne ne l'avait interrompu durant son récit. Elle était accrochée à son regard, elle buvait ses paroles.

Pendant l'heure qui suivit, il lui narra toute sa vie à la prison de Morelange, depuis son arrestation en septembre 1944. Si Pierre avait tenu le coup, c'était grâce aux courriers de Suzanne, grâce aussi à ses lectures d'Hugo, Goethe, Rimbaud, Pirandello, des ouvrages qu'il avait pu emprunter à la bibliothèque de la prison. Mes visites lui avaient sans doute regonflé un peu le moral quand il allait au plus mal. C'est à cela que servent les vrais amis, à continuer à épauler l'autre, envers et contre tout, même quand tout le monde s'est détourné de lui.

Pierre Clarens avait enfin retrouvé une joie de vivre. Il avait à nouveau l'envie de sourire au soleil, à la vie. Le ciel restait assombri par l'emprisonnement de Suzanne, mais pour la première fois depuis longtemps, on pouvait deviner quelques pointes d'éclaircies. Pierre n'avait plus rien à perdre. Il attendrait Suzanne le temps qu'il faudrait. Mais il forcerait aussi des portes si cette attente était trop longue.

Pierre se confia à moi dans ma voiture qui le ramenait de Namur à Morelange. C'est moi qui l'avais emmené voir Suzanne, mais j'avais préféré rester sur le parking devant la prison. Je ne voulais pas interférer dans les retrouvailles du couple, m'immiscer dans leur intimité.

– Hervé, je vais préparer la maison de Morelange pour le retour de Suzanne, me dit Pierre.

– Je ne veux pas te contrarier, mais tu sais bien qu'à part un providentiel recours en grâce, elle ne pourra sortir avant un an ou un an et demi au moins...

– Et alors ? Je ferai comme si elle était déjà là. Je le sais, la maison est vide, son père, le docteur Gasper, n'est plus de ce monde. Eh bien je ferai comme si on était encore tous ensemble.

– Tu débloques !

– Non. J'ouvrirai tout grands les volets de la maison, j'y ferai entrer le soleil, la lumière. Je cueillerai les fleurs du jardin, je les glisserai dans plusieurs vases. Il faut que ça sente bon dans la maison. Comme si Suzanne était toujours là.

– Tes fleurs vont vite faner.

– Ce n'est pas grave. J'en cueillerai d'autres.

– Le jardin de la propriété Gasper ne te suffira pas.

– J'irai cueillir d'autres fleurs dans les champs, des coquelicots, des tulipes, des iris. Je sortirai des armoires d'autres vases, j'arroserai toutes ces fleurs, jusqu'à ce que Suzanne revienne. Je ferai du bruit pour quatre, je claquerai des portes, je pousserai à fond le son de mon vieux phonographe. Tous les voisins sauront que Pierre Clarens est revenu, que Pierre Clarens est libre, qu'il ne craint plus rien ni personne. Je suis un homme libre, Hervé ! Que tout le monde le sache. Je suis libre et je peux garder la tête haute !

# 24

Pierre Clarens connut pas mal de désappointements quand il rentra à Morelange. Un tas de gens qu'il croisait dans la rue, embarrassés, mal à l'aise, préféraient détourner le regard ou passer sur l'autre trottoir en sa présence. Les rares confrères avocats qu'il avait sollicités pour l'aider à relancer son étude prétextaient tous qu'ils n'avaient pas le temps en ce moment, qu'on verrait plus tard, que Pierre ne devait pas « précipiter les étapes ».

Pierre Clarens était sorti de prison depuis plus de trois mois et son cabinet d'avocat restait désespérément vide.

Jusqu'en 1944, sa salle d'attente était remplie de clients chaque fin d'après-midi pour des rendez-vous, comme chez un réputé médecin généraliste de campagne. Maintenant, tout le monde lui tournait manifestement le dos.

Un jour, Pierre découvrit un courrier anonyme dans sa boîte aux lettres. Un courageux quidam avait collé sur une feuille blanche une série de lettres d'imprimerie découpées dans des journaux. « Combien t'as payé tes juges, collabo, pour t'en être tiré à si bon compte ? » pouvait-on lire sur le message.

Hors de lui, Pierre vint me retrouver le soir même, la lettre anonyme à la main.

– Mais qu'est-ce que j'ai donc fait d'ignominieux pour qu'on m'en veuille ainsi ? Dis-moi, Hervé, j'ai la gale ? La peste ? Tout ça me rend fou. J'ai purgé ma peine. Je viens d'être acquitté. Il n'y a pas d'acquittement par la grande ou la petite porte. C'est un acquittement tout court. La Justice estime que je n'ai rien commis de répréhensible. Pourquoi alors tout le monde m'évite ainsi ? Merde, bon sang, je veux tourner la page, je veux avancer à nouveau dans la vie…

– Ne fais pas attention à eux, dis-je. On est encore trop proches de la fin de la guerre. Il reste trop de rancœurs, de plaies à vif. Beaucoup de familles ont perdu des maris, des enfants, en Allemagne, en Pologne. Vis ta vie, Pierre. Ne t'occupe pas d'eux et de leurs regards détournés. Sois patient. Les choses vont se remettre en place petit à petit. Suzanne sortira bientôt de prison. Votre vie à deux reprendra comme avant la guerre.

– Hervé, j'aime bien ton discours. Mais désolé mon vieux, tu es à côté de la plaque. Comment veux-tu que j'avance alors que je n'ai plus un franc qui rentre dans mon portefeuille ? Au fil des jours, je perds de plus en plus pied. Tiens, je me demande après tout si je n'étais pas encore mieux en prison…

Malgré son aigreur, Pierre bluffait chaque fois qu'il allait rendre visite à Suzanne à la prison de Namur.

Il se mettait alors sur son trente-et-un, endossait son complet-veston, s'enduisait la nuque et le menton d'Eau de Cologne. Il apportait plusieurs livres et revues à Suzanne, il conversait d'un ton enjoué avec elle, se permettait même quelques blagues, affirmait que les gens de Morelange lui avaient pardonné, que son cabinet d'avocat tournait à nouveau à plein régime.

À l'automne 1946, la mort dans l'âme, Pierre dut se résoudre à fermer définitivement son étude. Les factures de gaz et d'électricité s'empilaient sur son bureau, impayées. Il fallait trouver une solution d'urgence. Ernest Lamoline, le patron de la coopérative de lait Copolait, accepta d'intégrer Pierre dans son équipe. Pas pour que l'avocat aille collecter lui-même les bidons de lait trait dans les fermes de la région, mais pour lui confier des tâches de comptabilité et de secrétariat. Le père Lamoline était un brave type, il était un des rares employeurs du coin à embaucher du personnel sortant de prison.

C'est ainsi que le brillant avocat Pierre Clarens devint, bien malgré lui, un modeste et dévoué comptable d'une société coopérative laitière. Au moins, cela permettait à Pierre d'honorer ses factures. Mais sa fierté en avait pris un coup. Jamais il n'osa présenter son nouveau statut professionnel à Suzanne, tant que celle-ci restait incarcérée.

Mai 1947. Suzanne fut toute surprise de revoir les tourterelles. Un couple était occupé à nourrir ses petits, dans le même renfoncement du pignon de la prison de Namur, juste en face de la cellule occupée par l'enseignante. Chassées sans ménagement par une horde de moineaux au printemps 1945, les tourterelles avaient réussi, par on ne sait quel miracle de la nature, à reprendre possession de leur ancien domaine. Suzanne se doutait bien qu'il ne pouvait s'agir des mêmes oiseaux qui auraient monté une ingénieuse stratégie de contre-attaque envers les moineaux. La jeune femme inventa une histoire dans sa tête. Elle se dit que ce couple de tourterelles ne pouvait être que la génération née de l'accouplement de leurs parents dont elle avait épié tous les ébats, au printemps 1945.

Suzanne sourit. Les tourterelles avaient réussi à faire fuir les moineaux. Les Allemands aussi avaient dû fuir, depuis plus de deux ans. Et maintenant, c'est Suzanne qui allait enfin pouvoir réintégrer son nid. Elle avait reçu une lettre officielle de l'administration pénitentiaire lui notifiant qu'en raison de sa bonne tenue en prison, elle pourrait sortir du milieu carcéral quelques semaines avant le terme des trois ans pour lequel elle avait été condamnée. Quelle joie de retrouver Pierre, la maison de Morelange, de convier à nouveau Hervé à leurs soirées d'amis comme auparavant !

Bien sûr, Suzanne pressentait qu'à la suite de la perte de ses droits civils et politiques, elle devrait sans doute faire une croix sur son poste de professeur au lycée. Elle l'avait mûrement réfléchi : elle aiderait Pierre dans son travail d'avocat, elle avait une formation de sténo-dactylo et pourrait retaper à la machine à écrire les conclusions et rapports de son mari juriste.

L'ordre de libération et la levée du billet d'écrou tombèrent quelques jours plus tard, le 22 mai 1947. Avant son départ, Suzanne voulait absolument saluer la grosse Ghislaine. Celle-ci n'était pas la seule gardienne préposée à la surveillance de l'enseignante et de ses codétenues dans son quartier de la prison, mais c'était avec Ghislaine que Suzanne avait réussi à nouer, au fil des mois, des rapports uniques, teintés à la fois de tensions et de complicité.

– Allez Madame Gasper, je ne vais pas verser une larme alors qu'une détenue quitte cette paillasse ! Mais je tenais à vous le dire quand même, des bonnes femmes comme vous, j'en ai pas vues beaucoup ici à la prison. Ah ça non alors ! Je vous regretterai, c'est sûr, je vous regretterai…

Nous étions venus à deux en voiture à Namur, Pierre et moi, pour ramener Suzanne à la maison. Pierre craignait d'être trahi par un trop-plein d'émotion en découvrant sa compagne sortir par la porte de la prison. Il préférait que je conduise ma nouvelle Peugeot 202 pour tout le trajet du retour.

Suzanne s'esclaffa en découvrant la voiture que je m'étais achetée grâce à mon salaire de prof.

– Ta bagnole, on dirait qu'elle louche !

Et c'est vrai qu'avec ses deux phares très rapprochés et placés derrière le radiateur, ma Peugeot 202 semblait atteinte d'un curieux strabisme.

On ne parla pas beaucoup pour rentrer à Morelange. On était heureux, tout simplement. Et il n'y avait pas besoin de mots superflus pour dire notre joie.

Pierre était assis sur le siège passager, à mes côtés. À travers le rétroviseur, j'observai Suzanne assise sur la banquette arrière, juste derrière Pierre. Elle avait accepté une cigarette que je lui avais tendue. Elle l'alluma, la porta à ses lèvres et ouvrit la fenêtre à sa hauteur pour laisser échapper la fumée. Cette cigarette n'était pas la dernière du condamné. Pour Suzanne, elle avait le goût du retour à la liberté.

# 25

La vie en liberté n'est-elle pas une jungle, parfois plus oppressante que la prison ?

Avec le recul, Suzanne Gasper prit conscience que la première partie de sa sanction, la peine d'emprisonnement, avait été paradoxalement la moins pénible à endurer.

À l'évidence, la privation de liberté est quelque chose d'insupportable en soi, une asphyxie mentale, une souffrance de tous les jours. Mais en parvenant à intégrer les codes du monde carcéral, en appréhendant de mieux en mieux les rapports de force entre gardiens et détenus et entre codétenus, une prisonnière intelligente comme Suzanne avait passé deux ans et neuf mois derrière les barreaux. Au bout du compte, cette détention avait été moins éprouvante qu'elle pouvait le craindre. D'autant plus que la jeune enseignante, toujours aussi tonique, avait donné du sens à son incarcération en mettant à profit ses longues journées pour prodiguer son savoir aux autres détenues et les préparer à leur future réinsertion.

Le retour à Morelange fut sans doute une épreuve beaucoup plus dure à supporter que la prison.

Tout d'abord, et rapidement, Pierre avait dû avouer la vérité à Suzanne sur son nouveau statut professionnel. Surtout dès le troisième jour, quand un camion de la coopérative Copolait était venu à la maison pour prendre Pierre à son bord.

– Ah, c'est bien ! Tu as désormais comme client cette société connue de tous les producteurs de lait de la région ? Je suppose qu'ils t'ont pris comme avocat parce qu'ils ont des créances à récupérer ?

– Non, ils m'ont pris à leur service pour que je rédige leurs factures et que j'envoie leurs créances à récupérer.

– Pierre, je ne comprends pas bien…

– Je crois que tu as parfaitement compris. Mon boulot d'avocat, c'est fini. Terminé. Ma toge d'avocat, je l'ai brûlée. Plus personne ne veut de moi. J'ai beau avoir été acquitté, les gens me considèrent toujours comme un ancien collabo. Si je n'avais pas eu le père Lamoline pour me proposer un travail dans sa coopérative, je serais à la rue, Suzanne, sans emploi, sans un sou. Je t'ai menti, depuis plusieurs semaines. C'est minable de ma part. Quand je te rendais visite à la prison, je n'osais pas te dire en face que j'étais devenu employé dans une petite entreprise agricole.

Pierre gardait la tête basse, rongé par son aveu.

– Tu sais, si j'avais été à ta place, j'aurais peut-être eu la même attitude. Je ne t'en veux pas, Pierre. Tu ne m'as pas menti. Ton amour-propre en avait pris un coup. Je suis sûre que tu as voulu me préserver.

Suzanne lui avait déjà pardonné.

Suzanne se mit en quête de trouver un nouvel employeur. Elle essuya des refus partout. Chaque fois que la jeune femme voulait déployer ses ailes pour prendre son envol, il y avait toujours quelqu'un ou quelque chose pour l'en empêcher.

La perte de ses droits civils et politiques écartait automatiquement Suzanne de son emploi de professeur au lycée et dans tous les collèges du royaume. La bonne aubaine pour le directeur du lycée de Morelange, Hector Romains ; il ne voulait pas entendre parler du retour de cette enseignante qu'il n'avait jamais supportée.

En ces années juste après la guerre, les personnes frappées du sceau de l' « incivisme » étaient marquées au fer rouge comme des bannis de la société. En Belgique, un arrêté-loi du 19 septembre 1945 prévoyait que les communes ne pouvaient délivrer des « certificats de civisme » qu'aux citoyens modèles.

La loi était très arbitraire parce qu'elle considérait comme « incivique » toute personne qui, par son attitude durant l'occupation, avait manifestement offensé le patriotisme de ses concitoyens. Des milliers de Belges furent ainsi écartés des emplois dans la fonction publique, d'autres exclus de leurs postes dans les universités, les écoles de l'État.

Pierre eut beau relancer quelques anciens clients de son carnet d'adresses, aucun n'avait la moindre place vacante à proposer à Suzanne.

La jeune femme finit par frapper à la porte d'un centre pour enfants. La plupart de ces gosses étaient des orphelins qui avaient perdu pendant la guerre leur père ou parfois leurs deux parents à la fois. Le plus souvent, le papa était un soldat ou un résistant qui n'était pas rentré de sa déportation en Allemagne. La maman, restée seule au foyer et sans emploi, n'avait pas la possibilité matérielle de subvenir aux soins de sa famille. C'est dans ce contexte que plusieurs de ces enfants étaient placés dans des centres comme celui de Morelange.

Ce n'était pas la première fois que le directeur du centre incorporait dans son personnel des anciens détenus. Il se renseignait chaque fois auprès de la direction de la prison pour vérifier si l'ancien prisonnier présentait des gages de bonne tenue et de resocialisation. Les renseignements qu'il avait obtenus au sujet de Suzanne étaient on ne peut plus rassurants.

Suzanne se plut à merveille dans ses nouvelles fonctions. Comme en prison, elle donna des cours de français, d'orthographe, d'histoire à ces enfants qui avaient perdu tout ancrage. Durant ce début de l'été 1947, Suzanne avait vraiment retrouvé une joie de vivre. Le contact avec les enfants du centre était une renaissance pour elle.

Un jour, Suzanne eut l'idée d'emmener tout le groupe d'enfants bien loin du centre, en excursion jusqu'au bord de la mer ou jusqu'au port d'Anvers. « Ces enfants doivent bénéficier d'autant de chances que les autres, dit-elle. Ils doivent pouvoir respirer l'air iodé de la mer, voir comment on transborde les containers dans un grand port maritime. S'ils restent confinés entre quatre murs à Morelange, ils ne connaîtront rien de la vie. »

Très débrouillarde, Suzanne était parvenue à récupérer un ancien camion de l'armée américaine, abandonné dans un garage par les *GI's* à la Libération. Avec l'aide de Gaston, l'homme à tout faire du centre, la jeune femme avait aménagé dans le camion des banquettes de bois sur lesquelles pourraient s'asseoir les enfants. Ce n'était pas le grand confort, mais pour Suzanne, ce mode de transport improvisé était déjà un grand luxe.

Le directeur du centre tempéra cependant quelque peu l'enthousiasme de Suzanne. Il lui affirma qu'il n'exigeait d'elle aucun certificat de civisme pour ses activités d'animation destinées aux enfants à l'intérieur de l'établissement, mais que par contre elle s'exposait à de grands risques si elle partait en excursion ou en séjour de quelques jours loin de Morelange avec un groupe d'enfants confiés à sa surveillance.

– Imaginez, Suzanne, ce qui se passerait si des gendarmes vous contrôlaient sur la route de la mer et vous demandaient votre certificat de civisme. Ils pourraient vous le réclamer pour vérifier que vous êtes habilitée à encadrer des enfants placés. Or, vous n'avez pas ce certificat ! Cette absence de document officiel pourrait vous faire perdre tout emploi et aussi entraîner des sanctions financières pour notre institution.

Suzanne capta le message de son directeur et sans craindre rien ni personne, elle se rendit à l'hôtel de ville de Morelange pour y demander copie d'un certificat de civisme temporaire pour elle, le temps de mener sa petite expédition avec sa bande de jeunes.

– Je vous en prie, accordez-moi cette dérogation qui ne vaudra que quelques jours, insista Suzanne auprès de l'employée. C'est dans un but social, humanitaire. Vous ferez œuvre utile en me permettant d'encadrer ces jeunes qui vont pouvoir sentir l'air de la mer pour la première fois.

– Madame, il m'est impossible de vous délivrer ce certificat de civisme. Vous me le demanderiez pour une demi-journée ou une heure, je ne pourrais pas vous l'accorder, répondit brièvement à Suzanne l'employée à l'état civil de la commune de Morelange, une petite dame aux lèvres pincées, avec des lunettes au bout du nez et des cheveux lisses et gris retenus par un chignon.

Suzanne tombait des nues.

– Impossible ? Mais enfin, j'en ai besoin pour mon travail, moi, de ce certificat, ce bout de papier estampillé !

– Madame, cela ne sert à rien de crier. Je vous répète que je ne peux pas vous accorder ce certificat de civisme. En tant qu'ancienne détenue, vous n'y avez pas droit.

– Dites, votre foutu certificat, il va encore me contrarier combien de temps, celui-là ? Vous auriez pu me dire, tant que vous y êtes : « Chère Madame, pour votre excursion, repassez-nous voir dans vingt ans, quand vous aurez recouvré vos droits civils et politiques ! »

– Calmez-vous, Madame. Je n'y peux rien. Je ne fais qu'appliquer la loi.

– Eh bien, elle est drôlement mal faite, votre loi ! Elle est même à vomir. Suzanne ne se contrôlait plus. Je ne supporte plus cette hypocrisie ambiante, ces obstacles incessants. Je ne demande pas grand-chose pourtant. Une simple autorisation me permettant d'ouvrir une fenêtre quelques heures, d'accompagner des enfants jusqu'au bord de la mer. Et on me dit que c'est impossible. Pourquoi m'entraver tout le temps dans mes projets ? Qu'est-ce que j'ai donc fait de si grave pour en être arrivée là ? J'ai purgé ma peine. J'ai payé à la société tout ce qu'on m'a imposé. Et ce n'est pas encore assez ? Je n'en peux plus…

Et, de rage, Suzanne frappa violemment avec son poing dans la paroi vitrée du guichet de l'employée à l'hôtel de ville. La vitre vola en éclats. Terrorisée, l'employée fit un bond en arrière, renversa sa tasse de café sur la table et en perdit son chignon qui se dénoua. Figée, le souffle court, Suzanne regarda sa main saigner abondamment, parsemée de morceaux de verre brisé.

Dans les cinq minutes, l'incident fit le tour de l'hôtel de ville, de tous les bureaux et étages. La rumeur parvint très vite dans les commerces des alentours. Partout, jusqu'au lycée de Morelange. On disait : « Suzanne Gasper, la traîtresse, a fait une crise de nerfs. Tout simplement parce qu'on lui refusait un certificat de civisme auquel elle n'a pas droit. »

Le soir de cet incident, Pierre Clarens me demanda de passer à la maison « afin de remonter le moral à Suzanne ». Lui n'y était pas parvenu. Fatigué, à court d'arguments, il avait maladroitement donné un cours de droit pénal à Suzanne, lui affirmant qu'avec un bris de vitre au guichet d'un bâtiment public, elle allait encore subir les foudres de la Justice et d'une comparution devant un tribunal correctionnel.

Juriste et procédurier, Pierre voulait interjeter appel devant une chambre provinciale chargée de réexaminer les refus de certificat de civisme.

Mais Suzanne, très lasse, refusa que Pierre se lance dans des voies de recours très aléatoires.

– Cela ne servirait à rien, dit-elle, car de toute façon mon exclusion des droits civils et politiques pendant vingt ans est non réformable.

De mon côté, je tentai bien une pointe d'humour pour dérider Suzanne.

J'avais voulu m'inscrire à des cours du soir pour être habilité ensuite à donner cours à des élèves du degré supérieur de l'enseignement secondaire.

– Et tu sais quoi, Suzanne ? Ils m'ont demandé à moi aussi mon certificat de civisme pour pouvoir m'inscrire à ces cours. Je leur ai répondu du tac au tac : « Au train où vont les choses, il faudra bientôt un certificat de civisme pour appuyer la demande visant à obtenir un certificat de civisme ! » Pays de fous...

Mais Suzanne ne rit pas. Elle ne sourit même pas. Cette fois, le ressort semblait bien cassé. Elle qui avait toujours su remonter la pente, qui avait supporté les brimades misogynes d'Hector Romains et de collègues mesquins du lycée, elle qui avait subi les pires humiliations à la Libération, puis la mise à nu au cours d'un procès public, elle qui avait vécu sans broncher ses années de prison, voilà que pour un simple document qu'on ne lui délivrait pas, elle abandonnait la partie.

Ce n'était pas Suzanne, ça. Je ne la reconnaissais pas. Ou alors, cette histoire de certificat de civisme était symboliquement la contrainte de trop.

– J'ai encore quelques références de l'Antiquité grecque, se contenta de me dire Suzanne. À Athènes, les sentences prononcées à la suite des jugements du peuple étaient inscrites sur un morceau de poterie qu'on appelait « Ostrakon ». Ce nom a donné lieu au mot « ostracisme » en français. Tu vois Hervé, au fond, rien n'a changé. Les condamnés sont toujours bannis, mis à l'écart, aujourd'hui en 1947 comme il y a trois mille ans dans la Grèce antique. L'ostracisme fait de moi une bannie à jamais, je le sais.

– Pas pour moi, Suzanne. Pas pour moi. Pierre et toi, vous ne serez jamais des bannis à mes yeux. Je vous accueillerai toujours, comme jadis. Rien n'a changé et ne changera entre nous trois.

Ce furent les derniers mots que j'échangeai avec Suzanne.

Je découvris la semaine suivante que Pierre et Suzanne avaient apposé un grand panneau « À vendre » devant leur maison. Un collègue de Suzanne, au centre, m'apprit qu'elle et Pierre s'apprêtaient à déménager. Suzanne avait remis sa démission.

Trois jours plus tard, Pierre me téléphona, d'un ton très courtois :

– Nous ne voulons pas te faire de peine, Hervé. Tu seras toujours notre ami fidèle, pour la vie. Mais il nous faut partir, quitter cette région où mon nom et celui de Suzanne restent diabolisés. Peut-être qu'ailleurs

– nous l'espérons – nous pourrons nourrir d'autres projets et, surtout, rencontrer des gens plus tolérants. Sache en tout cas que nous avons le cœur gros de nous séparer de toi. C'est très dur aussi pour moi d'abandonner définitivement le barreau de Morelange. J'adorais mon métier d'avocat. Peut-être plus tard, bien plus tard, quand la vague de haine sera retombée, nous reviendrons à Morelange...

# 26

Les semaines passèrent sans que je ne me préoccupe plus de Pierre et Suzanne. Il faut dire que j'étais très absorbé par mes nouvelles charges d'enseignant dans le degré supérieur. Et puis, depuis quelque temps, je sortais avec une jeune collègue du lycée, Jeanine Marciallo. Après avoir tant fait barrage à Suzanne, le père Romains avait dû céder aux demandes d'emploi venant de jeunes femmes diplômées agrégées. Cette fois, Romains ne pouvait plus dire non à l'entrée des profs féminins dans son école, sinon il recevrait un rapport salé de l'inspection, suivi d'une sanction disciplinaire du ministère à Bruxelles.

Ma jeune fiancée enseignait les maths. Blonde aux yeux verts, aussi menue que Suzanne était élancée, Jeanine ne bénéficiait pas d'un physique pour être en couverture de *Marie-France,* la revue féminine d'après-guerre, mais elle possédait une qualité qui faisait son charme : Jeanine riait tout le temps. De tout. Des gens. De nous deux. Des contrariétés. De la pluie. D'Hector Romains qui une fois de plus avait mal ajusté sa nouvelle perruque. C'est pour ça que je ne pouvais me passer d'elle. J'avais tant besoin de rire, de me détendre, après ces années d'angoisse.

Si Jeanine Marciallo adorait me parler du carré de l'hypoténuse et de la trigonométrie en guise de déclaration d'amour, je lui proposais plutôt de calculer ensemble la surface d'un triangle rectangle, allongés tous deux au fond de la luzerne. Mon autre exercice favori était le calcul du volume de paille, juché avec Jeanine au sommet de bottes de foin rentrées dans la grange de la ferme du bois Jacquet.

Je mordais à nouveau dans la vie à pleines dents. On était à l'automne 1947, la guerre était loin derrière nous maintenant et je savais bien que je devais me projeter dans l'avenir avec une autre femme que Suzanne Gasper.

Aux environs de la Toussaint, je reçus un courrier de Pierre Clarens dans ma boîte aux lettres. Il avait été posté à Bruxelles, à deux cents kilomètres de Morelange. La lettre n'était pas longue. Pierre s'excusait à nouveau pour avoir tardé à me donner de leurs nouvelles. « On a eu de grosses difficultés à trouver un appartement décent à Bruxelles, écrivait-il. Maintenant, ça commence à aller, on a emménagé dans un petit studio, près du Bois de la Cambre. Suzanne te remet son bonjour amical. Elle n'a toujours pas retrouvé de travail. Elle en cherche. Je m'inquiète pour elle, elle a maigri, a le teint pâle. En quelques semaines, ses cheveux ont grisonné. Hervé, tu peux passer nous voir à Bruxelles dès que tu pourras te libérer de tes cours à Morelange. Tu es toujours le bienvenu. »

Au bas de sa lettre, Pierre Clarens ajoutait qu'il avait tenté tant bien que mal de rouvrir un cabinet d'avocat à Bruxelles. « Je ne prends plus que des petites affaires dont personne ne veut : des retraités à défendre, des forains, des gitans, des gens qui n'ont pas d'emploi. »

Mais trop accaparé par Jeanine et mon boulot, je n'entendis plus rien dire au sujet de Pierre et Suzanne... jusqu'à ce jour du 4 janvier 1948. Traditionnellement, le premier samedi de janvier était réservé à la communauté éducative de Morelange pour prendre ensemble le verre du nouvel an. Mais cette édition 1948 avait un accent particulier puisque Hector Romains profitait de l'événement pour offrir l'apéritif à tous ses enseignants à l'occasion de son départ à la retraite. À soixante-cinq ans, le père Romains avait été jusqu'au bout de sa carrière.

En fin de matinée, nous nous sommes retrouvés une bonne vingtaine de collègues dans la salle des profs du lycée, pour déguster un verre de mousseux et quelques biscuits salés.

Sur ce coup-là, je dois l'avouer, j'avais fait preuve d'une fameuse hypocrisie. Au fond de moi, j'exécrais Hector Romains. Je ne pouvais tolérer les propos ségrégationnistes qu'il avait tenus envers Suzanne lors du procès devant le conseil de guerre en 1945. Mais sur un plan plus personnel, je devais reconnaître objectivement que le père Romains ne m'avait jamais mis de bâtons dans les roues. Et puis c'est lui qui avait permis la nomination définitive de Jeanine Marciallo au lycée. Ah, Jeanine ! Que n'aurais-je pas fait pour elle ? Elle me faisait tourner la tête.

L'autre prof de maths, le grand Hasse, qui avait fait lui aussi tant de misères à Suzanne, lut un discours pompeux à la gloire d'Hector Romains : « Vous, le maître de la pédagogie, le symbole du progrès et de la réussite, une autorité morale et une rectitude qui manqueront à cette école. » Je toussai pour me retenir de rire.

Au moment où je portais en bouche mon cinquième biscuit salé et m'apprêtais à déguster une deuxième coupe de vin mousseux, une dame fit une irruption peu discrète par l'arrière de la salle. C'est Jeanine, ma fiancée, qui me donna un coup de coude pour attirer mon attention.

A priori, je ne reconnaissais pas cette personne qui ne faisait pas partie de notre corps professoral. Mais quand elle s'est rapprochée, mon cœur a commencé à battre très fort : cette femme qui surgissait, non annoncée, c'était Suzanne. Suzanne Gasper !

Élégante comme jadis, avec ses longs cheveux châtains bouclés lui tombant sur les épaules, Suzanne rayonnait. Mais à y regarder d'un peu plus près, elle me semblait avoir les joues plus creusées, son teint était pâle et ses traits fatigués. Un maquillage approprié avait sauvé la mise.

Tout le monde s'arrêta de boire. Les biscuits salés restèrent calés dans l'arrière-gorge. Tous les yeux étaient rivés vers Suzanne Gasper qui se dirigeait vers Hector Romains.

– Mademoiselle Gasper, quelle bonne surprise ! fit le père Romains, dans un numéro de faux-cul de première classe dont il avait le secret. Je ne m'attendais vraiment pas à vous voir ici. C'est gentil à vous, mais il ne fallait pas vous déplacer pour ma petite personne. Mademoiselle Gasper, je suis heureux de vous revoir et de constater que toutes ces années difficiles n'ont pas altéré votre santé et votre forme physique. Vous êtes resplendissante, ma chère ! Je vous invite à trinquer avec nous.

Suzanne s'approcha tout près d'Hector Romains. Elle lui serra le bras et le regarda fixement dans le blanc des yeux.

– Resplendissante ! Je suis resplendissante ? C'est une plaisanterie, j'espère. Tout ce que vous voyez n'est qu'illusion, mirage. Vous ne me connaissez pas, Monsieur Romains. Vous me connaissez si mal. À l'intérieur, je suis toute cassée. Brisée. Rouillée. Et c'est vous et vos méthodes, Monsieur Romains, qui m'avez anéantie ainsi. Si j'ai parcouru tous ces kilomètres aujourd'hui pour revenir dans cette école, c'est pour vous dire tout cela. J'en ai trop bavé. Je dois vider mon sac. Oui, je veux boire un verre avec vous. Je boirai à la santé de tous ceux qui ont été assez lâches à mon égard en 1944 et 1945.

Sur ce, Suzanne but d'un trait un verre de mousseux. Puis un deuxième aussi sec. Personne ne parvenait à l'interrompre.

– Mademoiselle Gasper ! Taisez-vous, vous dites n'importe quoi…

– Non, Monsieur Romains, je ne me tairai pas. Vous n'êtes plus mon directeur. Vous n'avez plus rien à me commander.

– Vous déraisonnez, tout ceci devient grotesque.

– Vous avez peur de quoi, Monsieur Romains ? Que je vous dise vos quatre vérités ? Que je dise devant tout le monde ici que vous n'avez jamais eu le courage d'affronter la réalité en face ? Vous aviez peur de tout : peur des femmes, peur de moi, peur du changement, peur de la remise en question. Vous aviez même peur de vous-même et du regard que les autres portaient sur vous. C'est pour cela que vous deviez vous cacher derrière des postiches ridicules. Si j'osais, je…

Et elle osa. À la stupéfaction de l'assemblée, Suzanne porta sa main vers le haut du front d'Hector Romains et lui arracha sa perruque ! Le directeur se retrouva le crâne nu et luisant, tandis que Suzanne tenait son précieux butin en main. Quelques enseignants mirent leur main devant la bouche pour réprimer des rires qu'ils ne savaient contrôler. D'autres gardaient le silence, la bouche ouverte en forme de « O », gênés devant un tel esclandre.

– Là, Monsieur Romains, vous ne savez plus tricher et vous cacher derrière des paravents, dit Suzanne d'un rire jaune. Rassurez-vous, j'ai bien conscience du pathétique de la situation, je ne vais pas vous laisser seul dans ce piteux état, ajouta-t-elle d'un ton plus sérieux. Car figurez-vous, il n'y a pas que vous qui avez dû vous cacher pour fuir la réalité…

Suzanne Gasper plaça alors sa main droite en haut de son visage. Elle retira aussitôt l'abondante masse de cheveux bouclés qui lui servait de parure. Suzanne portait donc elle aussi une perruque ! Elle apparut sous un autre jour, avec des cheveux gris coupés à ras, de façon irrégulière, laissant çà et là apparaître quelques trous. Cela me faisait repenser à une scène épouvantable à laquelle j'avais assisté quelques années plus tôt à la fin de la guerre.

– Eh oui, reprit Suzanne, moi aussi, depuis le 9 septembre 1944, je dois faire semblant. Vos coups de ciseaux m'ont laissé des traces sur le cuir chevelu. Votre tondeuse m'est passée sur la tête, mais m'a aussi laminé le cœur. Je ne suis plus rien, je ne suis plus qu'une pestiférée dont personne ne veut. Monsieur Romains, je fais semblant, comme vous. Je triche, comme vous. Mais moi, c'est pour rester en vie.

Suzanne tenait les deux perruques dans chaque main, comme un trophée de chasse.

– Alors voilà, c'est cela le cadeau que je voulais vous faire à l'occasion de votre départ à la retraite : je me suis rasé le crâne spécialement à votre intention, car il y a trois ans et demi, le 9 septembre 1944, je perdais mes dernières illusions. La rumeur, le qu'en dira-t-on, la jalousie, les mesquineries m'ont tuée. Je tenais à vous dire merci, Monsieur Romains. Désormais, nous sommes les deux mêmes. Nus face à la réalité, deux rois nus, sans pouvoir, sans considération. Vous m'avez envoyée en prison. Là-bas, il y régnait plus de solidarité et d'humanité que dans votre société.

Laissant tomber sur le sol la perruque d'Hector Romains, Suzanne quitta alors la salle des profs aussi vite qu'elle y était arrivée.

Je la rattrapai dans l'escalier :

– Mais Suzanne, pourquoi ne m'as-tu pas écrit ? Téléphoné ? Quand vous avez quitté Morelange, je n'avais aucune idée de l'endroit où vous aviez déménagé. Je suis ton ami, tu sais que tu peux compter sur moi. Je pensais bien que tu n'étais pas au mieux de ta forme, mais à ce point... Pierre m'avait écrit, mais il ne m'avait rien dit d'alarmant à ton sujet.

– Pierre a bien fait, Hervé. Tu n'as rien à te reprocher. Mène ta vie, vis tes passions jusqu'au bout. Tu ne peux plus rien pour moi.

Toujours aussi passionnée d'Histoire, Suzanne me parla alors très vite, de façon brouillonne et désordonnée, de deux figures féminines de la Révolution française dont le destin l'avait beaucoup frappée.

La première, Olympe de Gouges, après avoir publié la *Déclaration des Droits de la Femme*, s'était fait guillotiner deux ans plus tard, en 1793. L'autre femme révolutionnaire, l'Ardennaise Théroigne de Méricourt, avait appelé le peuple à prendre les armes. Mais en mai 1793, à Paris, Théroigne avait été prise à partie sur la terrasse des Feuillants pour se rendre aux Tuileries. On lui avait relevé ses jupes par-dessus la tête avant que des battoirs en bois frappent à toute volée ses fesses. Théroigne de Méricourt en était devenue folle et avait passé les vingt-trois années suivantes de sa vie internée à l'Hôtel-Dieu, puis à la Salpêtrière.

– Je ne sais pas ce qu'on dira de moi plus tard, ajouta Suzanne. Je n'ai jamais prétendu être une féministe avant la lettre. Ni une révolutionnaire. Mais je suis très impressionnée par le destin d'Olympe de Gouges, de Théroigne de Méricourt et aussi de Virginia Woolf, un de mes auteurs préférés. Toutes les trois ont défendu les femmes. La première en a perdu la tête, la seconde en est devenue folle. Quant à la troisième, elle a préféré renoncer à la vie. Moi aussi, Hervé, je crois bien que je terminerai ma vie comme ces femmes. Je ne serai jamais une petite vieille qu'on aide à s'installer dans un fauteuil et à qui l'on place une bouillotte au bout des pieds, la nuit.

– Tu ne peux pas dire cela. Personne ne connaît son avenir.

– Si, moi je le connais.

– ?

– Hervé, je suis encore toute la journée de demain à Morelange. Pierre est venu avec moi. On a loué une chambre dans un petit hôtel. Peux-tu venir nous retrouver demain matin, dès 8 h, devant le kiosque de Morelange ? Tu prendras ton accordéon.

– Mon accordéon ? Pour quoi faire ? Et à 8 h du matin ? Je ne comprends pas, il fait encore noir à cette heure-là, on est en plein hiver !

– Tu verras… Tu es notre ami. Si tu es présent, je te serai reconnaissante. J'ai envie que tu joues pour nous un ou deux morceaux à l'accordéon. Pierre me doit au moins une danse que j'aurais voulu faire dans ses bras, à la Libération. Tu te souviens, Pierre avait dû s'absenter à Bruxelles pour son travail.

– Et comment, si je m'en souviens !

– Je voudrais réparer ce manque. Cela me ferait un grand plaisir de danser avec Pierre, demain matin, sur la place du kiosque, accompagnés par ta musique. Je propose 8 h le matin. Comme cela, on sera dans la discrétion, personne ne nous dérangera. Tu seras là, Hervé ?

– Bon, c'est d'accord, tu peux compter sur moi. C'est dimanche demain, je n'ai pas cours, lui répondis-je, tout interloqué par ce mystérieux rendez-vous.

# 27

Tout au bout de l'horizon, de fines lignes roses se superposaient à de longues stries horizontales, orange et bleues. Je ne pouvais me lasser de ce spectacle du soleil naissant qui se renouvelait chaque matin. Ponctuel comme la relève de la garde devant Buckingham Palace, le soleil pointait le bout du nez dès potron-minet, même s'il avait parfois la gueule de bois après une virée nocturne ou s'il lui prenait l'envie de rester au lit pour ne pas affronter la foule et le monde.

Ce matin-là, dans la gelée blanche qui m'obligeait à garder les poings serrés au fond des poches de mon pantalon, je marchai d'un pas lent vers le kiosque à musique où Suzanne m'avait fixé son rendez-vous insolite. Tout en avançant, je ne cessais de relever la tête et d'observer le ciel si doux, serein, apaisé, encore ébloui par les dernières étoiles de la nuit. Je regardais là-haut pour me rassurer, pour me démontrer que l'ordre du monde était resté intact et que chaque nouveau matin venait tout nettoyer et remettre les choses en place.

J'avais besoin de cette lumière du jour naissant, de cette beauté irradiante pour me donner un peu d'allant et ralentir les battements de mon cœur. Depuis l'incident, la veille, entre Suzanne et Hector Romains, j'étais rempli d'amertume et d'interrogations. Je ne m'étais pas rendu compte à quel point Suzanne – que je croyais construite tout en roc – s'était fragilisée.

– Cette femme a dû beaucoup souffrir pour en arriver là, me dit la veille ma fiancée Jeanine, me mettant la main sur l'épaule quand nous avons quitté la réception au lycée.

Jeanine avait tout compris. Oui, Suzanne Gasper avait terriblement souffert pour en arriver à ce scandale en public au lycée, à cette ultime mise en scène provocatrice. Je la connaissais bien, Suzanne. Les remarques phallocrates à son sujet à l'école, son arrestation arbitraire et celle de Pierre Clarens, l'instruction bâclée et orientée avant son procès, le jugement ne privilégiant que les témoins à charge, l'interdiction de pouvoir assister aux funérailles de son père, puis l'incarcération qui l'assimilait aux plus grandes des criminelles : toutes ces avanies, Suzanne avait pourtant fini par les pardonner à ses bourreaux.

Dans sa tête, pardonner ne signifiait pas excuser ou oublier les faits commis, mais plutôt tenter de comprendre ce qui avait incité un individu à poser un acte extrême. Suzanne avait fait sienne la formule du philosophe Spinoza au XVIIe siècle : « *Humanas actiones non ridere, non lugere, neque detestari, sed intelligere.* », c'est-à-dire : « Ne pas railler, ne pas pleurer, ne pas détester, mais comprendre. »

Pendant toutes ces années, Suzanne avait réussi à tenir le cap comme cela, en tentant de comprendre le contexte qui avait pu armer le bras des uns ou inciter d'autres à des actions délétères.

Puis, subitement, alors qu'elle croyait enfin pouvoir repartir sur de bonnes bases à sa sortie de prison, voilà que toutes ses perspectives s'arrêtaient net, au bord du chemin. On lui refusait tout emploi, on ne lui délivrait aucun certificat de civisme, elle n'avait même pas droit à un permis de conduire que le plus saoulard des automobilistes s'était vu attribuer !

Et, le pire, n'était-ce pas tous ces regards fuyants, détournés, ces mains qu'on ne tendait jamais plus ni vers elle ni vers Pierre ?

Suzanne Gasper portait sur ses épaules le fardeau d'un jugement qui ne reposait pas sur trois ans, mais sur une éternité. Elle avait eu beau purger sa peine, s'amender, se réinsérer, elle avait beau tenté de pardonner à ceux qui l'avaient vilipendée, Suzanne resterait à jamais « la traîtresse » dans la petite communauté de Morelange.

Et moi, son prétendu ami, le plus proche de Suzanne Gasper et Pierre Clarens, qu'avais-je fait réellement pour influer le cours des choses ? À la Libération déjà, je n'avais pu empêcher l'acte barbare perpétré par les apprentis coiffeurs. Cette fois encore, je n'avais pas osé briser la loi du silence, ce silence lourd et obscène à propos de Suzanne.

Après la guerre, la recherche de mon confort personnel m'avait anesthésié. Trop soucieux de réussir ma petite promotion professionnelle – mes examens d'accession au degré supérieur dans l'enseignement –, trop aveuglé par l'idylle qui s'amorçait avec Jeanine, j'en avais oublié l'essentiel : l'amitié n'a pas de prix et pour la préserver, il faut parfois user de courage et sortir du rang.

Au lieu de cela, j'avais préféré me taire parce que c'était sans doute plus commode. Après tout, n'étais-je pas un homme comme les autres, avec toutes ses petites lâchetés ?

À cause de moi et des autres, Suzanne était désormais plongée dans la plus sordide des solitudes. En sortirait-elle jamais un jour ?

C'est à tout cela que je pensais, ce matin-là, en me dirigeant vers le kiosque à musique, l'accordéon reposant sur mon thorax. Je jouerais l'un ou l'autre morceau pour Suzanne, puisque tel était son désir, mais au fond de moi, j'appréciais peu cette demande étrange qui me faisait penser à la dernière supplique d'un condamné avant l'échafaud.

Alors que 8 h sonnaient au clocher de l'église de Morelange, je retrouvai Suzanne et Pierre sur la place du kiosque bordée de marronniers.

Je serrai longtemps Pierre dans mes bras, je ne l'avais plus vu depuis tant de mois. Cet avocat loyal me manquait terriblement dans ce monde déglingué.

– Ah, tu as laissé pousser ta barbe ? dis-je à Pierre.

– C'est pour mieux me cacher et passer inaperçu. Je n'en peux plus qu'on me pointe du doigt, me répondit-il d'un ton désabusé.

Suzanne, elle, avait enfilé un gros manteau et enroulé une écharpe autour de son cou. De la buée sortait de sa bouche tant il faisait froid.

– Alors Hervé, on la fait cette danse, oui ou non ? Vas-y pour la troïka, c'est ma préférée.

– Oui, tu vas pouvoir danser, Suzanne. Mais je te préviens, je ne jouerai pas plus de cinq ou dix minutes. Je n'ai pas envie d'ameuter tout le quartier. Les gens vont se demander ce qu'il se passe en entendant le son de l'accordéon. Certains, j'en suis sûr, vont le prendre mal. Plusieurs ouvriers de l'usine de Longwy dorment ce matin, ils sont rentrés chez eux il y a quelques minutes à peine après la fin de leur travail de nuit.

– Eh bien, qu'on les réveille, tant pis ! Ils n'auront qu'à venir danser avec nous. Suzanne souriait. Elle balançait ses vannes comme si elle avait encore quinze ans et toute l'insouciance de la jeunesse.

Je grimpai les marches du kiosque. Sur la surface circulaire, deux bons mètres au-dessus du sol, je me plaçai au bord d'une grille en fer forgé qui bordait tout l'édifice.

Je commençai à jouer les premières notes de la troïka d'abord lentement, comme la marche doit être interprétée. Puis mes doigts se réchauffèrent sur l'instrument et j'accélérai progressivement la cadence en battant la mesure avec mon pied.

Au pied du kiosque, je voyais Suzanne et Pierre qui exécutaient des pas de plus en plus rapides. Natif de Morelange, Pierre connaissait bien cette danse folklorique venue du XIX^e^ siècle. La troïka, il l'avait dansée à de nombreuses reprises le jour de la kermesse avant la guerre. Il tenait bien en mains sa partenaire et alternait un pas vers la gauche, un autre pas vers la droite. Il talonnait parfaitement du pied gauche et pivotait d'un quart de tour vers la droite.

Suzanne et Pierre s'esclaffaient, d'abord discrètement, presque en sourdine, puis de plus en plus fort. Ils riaient parce que c'était la première fois qu'ils pouvaient fêter eux aussi la Libération. Leur libération. Ils riaient parce que rien ni personne ne pouvait les en empêcher. Suzanne et Pierre étaient libres, et ça, c'était le droit le plus sacré que personne n'avait pu leur retirer.

La troïka avait atteint son rythme maximal, celui qui fait tourner la tête des danseurs et des danseuses, enivrés par le tempo infernal.

Tout en maintenant sa main gauche dans celle de Pierre, Suzanne, la danseuse, libéra son autre main quelques instants, le temps de plonger celle-ci au fond de la petite sacoche qu'elle continuait à porter en bandoulière.

Ensuite, tout alla très vite. Suzanne sortit de la sacoche un revolver gris métallisé. Elle fit feu, une seule fois, en direction de la tempe de Pierre. Ce dernier s'écroula, déjà mort, aux pieds de sa partenaire.

Je hurlai, de toutes mes forces :

– Suzanne ! Suzanne ! Qu'as-tu fait ? C'est pas vrai ?

J'abandonnai mon accordéon sur le kiosque et descendis quatre à quatre l'escalier me ramenant au niveau du sol.

– Reste où tu es, Hervé ! N'approche pas.

Suzanne pointait son arme dans ma direction.

Elle dit encore :

– La danse est finie. La fête terminée. Les lampions définitivement éteints. C'est moi qui souffle la bougie. Le jour va se lever, mais Pierre et moi n'en verrons pas la clarté.

– Mais Suzanne, arrête ! Tu ne vas quand même pas ?

– Je suis arrivée au bout de mon voyage. « *Mon âme est si meurtrie que lorsque je mets le nez à la fenêtre, la lumière du jour me fait presque mal.* » C'est une des dernières phrases qu'a écrite l'auteur allemand Heinrich von Kleist avant de disparaître avec sa compagne, Henriette Vogel. À Pierre et à moi aussi, la lumière du jour fait désormais trop mal. Nous avons décidé, d'un commun accord, de rester dans la nuit, pour toujours.

– Mais c'est insensé ! Ne fais pas ça, je t'en conjure.

– C'est trop tard, on ne peut plus faire marche arrière. J'ai longtemps cru à mon étoile. J'ai cru en l'espérance d'une vie nouvelle. Une vie meilleure pour Pierre, pour moi, pour les enfants à qui je voulais donner mon enseignement. Mais cette guerre nous a tués. Nous sommes des morts-vivants alors que la guerre est finie depuis plus de trois ans. Jamais on ne nous a compris ni essayé de nous comprendre. On ne voulait trahir personne pourtant. On ne voulait que dire la vérité. Et aimer.

– Non, Suzanne, ce que tu dis, ce n'est pas juste. Tu peux encore donner beaucoup. Tu peux encore aimer. Ta vie n'est pas finie.

– J'ai déjà beaucoup aimé. Et l'on m'a beaucoup aimée. Pierre, mes parents, Dieter, toi, les enfants de l'école ; vous avez été mes grands bonheurs. Hervé, je ne te demande qu'une chose : vis ta vie, avec passion, sans concession, en homme droit et libre. Tu leur diras aux autres, dans dix ans, dans vingt ans, que Pierre et moi n'avons jamais voulu faire de mal. On voulait simplement rester vrais. Dire la vérité. C'est tout. Tu leur diras, hein ?

Un coup partit. La jeune femme tomba lourdement sur le sol gelé.

Suzanne et Pierre avaient pris la décision de ne jamais se quitter, liés dans un même amour.

Une vieille voisine de la place du kiosque, Germaine Gilson, qui habite à trente mètres de là, dira plus tard aux gendarmes qu'elle n'avait pas entendu le premier coup de feu alors qu'elle était occupée à ramasser du linge dans sa buanderie. Mais la deuxième détonation, vers 8 h 13 ou 8 h 15, elle était certaine de l'avoir bien perçue.

– Un coup sec comme si l'on crevait le fond d'un tambour. Monsieur le brigadier, cela m'a fait sursauter. Jamais je n'aurais cru que cette pauvre fille Gasper en arriverait là.

L'adjudant Sanichal arriva l'un des premiers sur les lieux, juste avant le juge d'instruction Mathuron et sa greffière.

– La dénommée Gasper Suzanne, trente-cinq ans, ancienne détenue, a commis un homicide volontaire sur la personne de son compagnon, l'ancien avocat Clarens Pierre. Puis elle s'est tiré une balle dans le fond de la gorge. Tous les deux sont morts instantanément. Les secours ont été inutiles. L'action publique est éteinte, Monsieur le juge. Je crois que vous pouvez retourner à votre palais de justice.

Sans être un expert en balistique, Sanichal avait aussi des commentaires à émettre sur l'arme du crime, un vieux revolver d'ordonnance, calibre 8 mm, ayant servi lors de la première guerre en 1914-1918. C'était une arme de référence pour l'époque, un des premiers revolvers à utiliser une cartouche à poudre sans fumée et un barillet à extracteur collectif.

– Je crois connaître cette arme, Monsieur le juge. C'est le vieux père Gasper, le toubib, qui me l'a montrée il y a très longtemps. Il la planquait au-dessus de la garde-robe de sa chambre à coucher. Le docteur Gasper était entré en possession de ce revolver quand il était officier de réserve en 1914, mais il n'avait jamais dû l'utiliser, car en tant que médecin, il servait dans les lignes à l'arrière. Après la guerre, quand sa fille avait douze ou treize ans environ, Gasper lui avait appris à se servir de cette arme en faisant des cartons au fond du jardin.

– Le plus consternant, ajouta le juge Mathuron, c'est que cette arme, qui aurait dû frapper les ennemis de la nation en 1914, a réussi à tuer ce à quoi Joseph Gasper tenait le plus au monde : sa propre fille.

# Trente-et-un ans plus tard, le 7 février 1979

Le silence resta pesant dans la classe. Il dura une vingtaine de secondes au moins. Puis un élève, suivi d'un deuxième, un troisième, un quatrième, commença à applaudir. Toute la classe frappa dans les mains. De plus en plus fort.

Une sensation étrange mêlée d'émotion et de grande félicité m'envahit. Il ne s'agissait pas d'applaudissements comme au cirque, quand des enfants battent des mains à la vue d'un jongleur prenant de grands risques, ou en clôture d'un concert, quand on se prend à applaudir un pianiste virtuose au sommet de son art. Jamais jusque-là je n'avais vu ces adolescents portés par une telle ferveur. Leurs applaudissements me troublaient. Ils ne saluaient pas un numéro d'artiste, mais une émotion vraie, sincère, profonde, qu'ils avaient ressentie à l'évocation de Suzanne Gasper.

Ces élèves que l'on disait amorphes et mal dans leur peau, ces ados désinvestis de tout projet, ils avaient besoin de références, de valeurs, de personnages forts à qui s'identifier. Suzanne Gasper pouvait devenir pour eux ce modèle, ce pôle de référence, cette Antigone des temps modernes qui n'avait pas craint de combattre l'injustice, l'inégalité, la médiocrité.

Deux jours après avoir raconté en classe la vie de Suzanne Gasper et Pierre Clarens, je vis arriver entre deux cours une délégation des élèves de 3e. Ces élèves m'annoncèrent qu'ils allaient se cotiser afin de commander une nouvelle plaque en cuivre, dédiée à Suzanne Gasper. Mieux, les adolescents voulaient créer une fondation pour perpétuer la mémoire de Suzanne, pour encourager aussi tous les petits gestes civiques et citoyens au quotidien. « La démocratie est l'affaire de tous », me dit l'un d'entre eux.

Je trouvai la proposition de ces jeunes inattendue, mais aussi très réjouissante. J'étais sur un nuage. Dans mon cœur, Suzanne revivait. Pierre lui aussi revenait parmi nous.

Sur les conseils d'un collègue latiniste, on fit graver une mention supplémentaire sur la nouvelle plaque : trois simples mots en latin, *Vitam Impendere Vero*, tirée de l'œuvre de Juvénal. Donner sa vie à la vérité, Jean-Jacques Rousseau, Marat plus tard à la Révolution française, en avaient fait leur devise. Suzanne aussi, sans relâche, a consacré sa vie à la vérité, à la recherche désintéressée de la justice, dût-elle au bout du compte y laisser la vie.

Flore, l'élève de 3e parmi les plus volontaires, me remit quelques jours plus tard un courrier à mon intention.

Je n'étais pas pressé de découvrir ce genre de littérature manuscrite dont j'étais de plus en plus abreuvé. Je pensais avoir affaire une fois encore à l'un de ces parents grincheux voulant donner aux profs des leçons de pédagogie. Ou un autre demandant un après-midi de dispense pour sa fille en vue d'une activité extrascolaire sans doute bien plus importante que l'apprentissage à l'école. « Tous démissionnaires, ces parents ! » pensais-je dans ma tête. Je me promettais d'en parler le soir même à Jeanine, mon épouse, qui aurait sans doute approuvé mon ire.

Lors de ma pause de midi, après avoir terminé mon repas à la cantine scolaire, je cédai toutefois à la curiosité et ouvris la lettre que Flore m'avait remise.

Le courrier en papier bleu roi à l'intérieur de l'enveloppe ne contenait que deux ou trois phrases. Pas plus. Je vous les livre telles quelles. Puisque j'ai promis de tout vous raconter, jusqu'au bout. « *Cher Monsieur Jaminet, je suis une mamie qui a la chance de recevoir encore régulièrement la visite de ses petits-enfants. Ma petite-fille Flore Thomas, qui est l'une de vos élèves en 3*ᵉ*, m'a raconté hier avec beaucoup d'enthousiasme comment elle et ses condisciples du lycée de Morelange voulaient perpétuer la mémoire de Madame Suzanne Gasper. J'encourage à fond l'initiative de ces jeunes. Plus qu'une perpétuation du souvenir de Madame Gasper, il s'agit pour moi d'une réhabilitation de sa mémoire. Je vous en prie, réhabilitez Suzanne Gasper. Elle le mérite tant.* »

La lettre était signée : « *Nora Arnaud, mère de Suzon et grand-mère de Flore* ».

# Remerciements

Tout d'abord à un homme qui n'est plus : l'ancien colonel Jean Militis, grand connaisseur des dossiers de la Résistance et de l'Occupation dans le sud de la Belgique. C'est lui qui m'a lancé sur le chemin des procès de l'épuration.

René Thill, mon ancien confrère, qui nous a quittés depuis quelques années également. C'est lui, tout jeune journaliste, qui a publié les comptes-rendus des procès de l'épuration dans *L'Avenir du Luxembourg* en 1945 et 1946.

Merci à Michel Trigalet et Vincent Pirlot, pour leur accueil cordial et leur aide efficace aux Archives de l'État à Arlon.

Spécialiste de l'histoire arlonaise et de la période couvrant la Seconde Guerre mondiale, l'historien Jean-Marie Triffaux m'a été d'une aide indispensable.

Merci à Roger Nicolas, archiviste de la ville de Bouillon, pour les renseignements apportés sur Émile D., l'ancien professeur de l'Athénée Royal de Bouillon qui a inspiré mon personnage de Suzanne Gasper.

Merci à l'avocat général De Vidts et son collaborateur Guy Hanuse, au Collège des procureurs généraux à

Bruxelles. Ils m'ont permis de consulter les dossiers de la répression au palais de justice de Bruxelles.

Lawrence Van Haecke, qui préparait sa thèse de doctorat sur la répression des collaborations en Belgique, m'a fourni une série de documents très utiles au CEGES à Bruxelles (Centre d'Études et de Documentation Guerre et Sociétés contemporaines).

Armel Job, brillant romancier ardennais et fin sondeur de l'âme humaine, m'a été d'un précieux soutien pour la rédaction de ce livre.

Merci, une fois encore, à Claire Leguêbe. Pour chacun de mes manuscrits, elle est ma première lectrice.

Merci à l'équipe éditoriale chez Michalon, qui a cru en mon projet et l'a accompagné jusqu'au bout.

Enfin, un merci tout particulier à Charlotte Goetz-Nothomb et Philippe Nothomb, de Bruxelles. Sans eux, ce livre n'aurait pu se faire. Leur père et grand-oncle, l'avocat Victor Nothomb, était un homme de cœur, proche des gens à Arlon, cette petite ville frontalière au sud de la Belgique. Condamné à Arlon en 1945, mais acquitté six mois plus tard en appel à Liège, Victor Nothomb aurait dû être réintégré au barreau d'Arlon, mais, bafouant toute règle morale et déontologique, son propre barreau a maintenu sa radiation. Par le biais d'un personnage de mon roman, Pierre Clarens, si ce livre a pu honorer la mémoire de Victor Nothomb et réhabiliter son image ternie, alors nous aurons fait œuvre utile.

Achevé d'imprimer par Corlet Numérique

Composition et mise en page : SIR
Dépôt légal : octobre 2013
N° d'impression : 102314
N° d'édition : 714